T0267908

La vida por delante

VOCES / LITERATURA

COLECCIÓN VOCES / LITERATURA 359

Nuestro fondo editorial en www.paginasdeespuma.com

No se permite la reproducción total o parcial de este libro, ni su incorporación a un sistema informático, ni su transmisión en cualquier forma o cualquier medio, sea este electrónico, mecánico, por fotocopia, por grabación u otros métodos, sin el permiso previo y por escrito de los titulares del *copyright*.

Magalí Etchebarne, *La vida por delante*
Primera edición: mayo de 2024
Segunda edición: mayo de 2024

ISBN: 978-84-8393-349-7
Depósito legal: M-9012-2024
IBIC: FYB

© Magalí Etchebarne, 2024
© De la ilustración de cubierta: Raquel Cané, 2024
© De esta portada, maqueta y edición: Editorial Páginas de Espuma, S. L., 2024

Editorial Páginas de Espuma
Madera 3, 1.º izquierda
28004 Madrid

Teléfono: 91 522 72 51
Correo electrónico: info@paginasdeespuma.com

Impresión: Cofás

Impreso en España - Printed in Spain

Magalí Etchebarne

La vida por delante

PÁGINAS DE ESPUMA

El día 20 de marzo de 2024, un jurado compuesto por Enrique Pascual, presidente del Consejo Regulador de la Denominación de Origen Ribera del Duero, Mariana Enriquez, escritora y presidenta del jurado, Brenda Navarro, escritora, Carlos Castán, escritor, además de Juan Casamayor, director de la Editorial Páginas de Espuma, y Alfonso Sánchez González, secretario general del Consejo Regulador de la Denominación de Origen Ribera del Duero, en calidad de secretario del jurado, ambos con voz pero sin voto, otorgó el VIII Premio Ribera del Duero de Narrativa Breve, por mayoría, a *La vida por delante*, de Magalí Etchebarne.

ÍNDICE

El cielo está brumoso, hace frío, estoy fea,
acabo de recibir un beso por correo.
Cuarenta años: no quiero cuchillo ni queso.
Quiero el hambre.

Adélia PRADO

Piedras que usan las mujeres

ELLAS DECÍAN QUE ESTABA DE MODA, que salir con mujeres mucho más jóvenes era lo que ellos hacían para reciclarse. Aunque si uno mira atrás, al fondo total de la historia, se podría decir que el mundo empezó así. Unos hombres raptan a unas niñas y las hacen suyas. Después viene el resto, el amor por insistencia, la traición para escapar, la venganza prima hermana de la humillación y todas esas guerras lloronas. Sin embargo, mi mamá y sus amigas decían que era nuevo. Cada vez que alguna pareja del grupo que formaban ellas y sus maridos se separaba –una trenza cosida de amigos entre sí–, al poco tiempo, él aparecía con una chica veinte años más joven.

Jorge, el mejor amigo de papá, había conocido a Andrea porque era su alumna y en cuanto se separó de Gaby lo primero que hizo fue traerla a mi cumpleaños. Mamá se quedó toda la tarde contra la mesada de la cocina fumando. Acariciaba el mármol con teatralidad.

Jorge nos presentó a Andrea, que podría haber sido su hija, y papá se refirió a ella por el apellido. Con esa distancia y ese falso exceso de respeto, que disimula mal el coqueteo.

–Señorita Galván, ¿una copa? –dijo papá. Y mamá dejó caer las cenizas en el piso. En el piso que ella misma había estado limpiando toda la mañana.

Algunas aparecieron los viernes en el club. Chicas preciosas de labios gruesos, rodillas huesudas y tobillitos de muñeca, remeras sin hombros y pantalones tiro bajo. Ellos jugaban al póker o al truco y mamá y las otras esposas que quedaban se agruparon en una esquina como excombatientes: la tía Nely, Bochi, Gaby y mamá; tomaban vino y jugaban a la canasta, miraban a las novias de turno con sonrisas de rouge y paciencia, Virginia Slims volátiles entre los dedos.

La tía Nely dijo que una pareja en su esplendor y una persona joven y linda se parecen. Si uno mira bien, puede adivinar por dónde van a empezar a pudrirse. Y cuando alguien decía algo sobre la diferencia de edad, se hacía en broma y ellos, borrachos, repetían chistes de almanaques.

–¡Un hombre tiene la edad de la mujer que ama!

Mamá decía que eso era más cierto de lo que ellos pensaban, pero no de la forma luminosa y vivaracha con la que tenían fantasías, porque la juventud podía estar llena de estupidez, del tipo que parece una gracia pasajera, pero que a veces se enquista.

Desde ese tobogán aceitoso que es la entrada al sueño, yo no podía evitar espiar y escucharlas. Me pesaban los párpados, pero resistía. Me acostaban en una cama hecha con dos sillas juntas y alguna cartera de almohada. El humo de sus cigarrillos, las carcajadas, los choques de las copas y mis pies fríos, el eco de las voces como si estuvieran debajo del agua todavía me rebotan en el cuerpo si me concentro.

Decían que ellas prestaban atención a los detalles. Habían estudiado su propio cuerpo como un forense y podían diseccionarlas con la misma severidad. Cualquier mujer está entrenada para descuartizarse: las comisuras de los labios, la piel abajo de los brazos, las manchas que no se van más, el cuello de reptil, los ojos hundidos.

—La vejez no empieza a los costados de los ojos como dicen las publicidades de cremas, es mucho más estruendosa —dijo Gaby—. La cara se ensancha, los ojos se entristecen, los labios se afinan, se nota el cansancio, ¡el cansancio!

—Tengo cincuenta y seis años, me sacaron dos tumores, la rodilla me falla —decía la tía Nely.

Gaby no escuchaba de un oído, Bochi tenía un zumbido constante desde hacía tres años.

—Díganme que se me va a ir, ¡díganme que es psicosomático!

Habían parido, habían enterrado a sus padres y habían hecho la comida todos los días dos veces por día, habían criado y no habían dormido, habían perdido turnos y dinero, rechazado viajes y ascensos, después habían visto a sus hijos alejarse para hacer sus propias vidas. Y hasta habían puesto el lavarropas para que sus maridos se llevaran la ropa limpia cuando se divorciaban. Solo querían volver a casa al final de esas noches en el club, acostarse, encender el televisor y odiar. Odiarlas en silencio, con amargura, un verdadero placer. Maldecirlas, e imaginarlas envejeciendo, a ellas y a ellos, culos caídos, huevos flácidos, la piel derritiéndose. Odiar. Odiar hasta la arcada. La oscuridad que ellos les reprochaban en las discusiones era esto, la maldad que producía esa lucidez espantosa a la que podían escalar en soledad.

Una noche, Andrea, la nueva novia de Jorge, llegó al club con una amiga que tocaba la guitarra. Jorge las arengó para que tocaran, pero enseguida se distrajo con los demás. Ellos siguieron jugando a las cartas y hablando fuerte, por encima de la mesa redonda forrada en pana verde. Mamá y las demás hicieron medio círculo alrededor de Andreita y su amiga, cruzaron las piernas de nylon negro y dijeron a ver, toquen algo.

Andreita tenía una voz hipnótica, rotunda, llena de aspereza. Mientras cantaba se enroscó el pelo en un dedo y miraba un punto perdido en el techo. Hizo su propia versión de una canción de Nina Simone, me contó mamá al día siguiente, una versión en español bastante irreconocible pero conmovedora, con una letra que parecía ser un recuerdo propio o una premonición: mañana será mi turno, es demasiado tarde para arrepentirse, lo que fue no existe más.

—Lo que me faltaba —dijo Gaby cuando fueron al baño—, encima de linda, con talento y trágica.

*

Desde la cama, puede mirar por la ventana.

—La gente sigue metida en el mar —me dice.

Pero la ventana da a nuestra calle, adoquines, dos plátanos altos en la vereda, la casa de enfrente con su Santa Rita blanca en el patio de adelante. Hay días que no me reconoce para nada, me mira con desprecio como si fuese una extraña que se metió entre sus cosas, aunque la mayor parte del tiempo dice que soy la tía Nely, su hermana, que murió hace años.

–¿Te acordás del muñeco de paja que prendían fuego en la esquina?

Me habla como si estuviéramos ahí.

–Mirá, Victorio se apoderó de la fogata y él decide lo que se puede poner y lo que no, qué tipo mandón. Ahí vienen los chicos de la otra cuadra con ramas.

Vivimos entre esos dos tiempos, el de su infancia, que va y viene según las horas del día y en el que soy su hermana –una calle de tierra que se ilumina por el fuego de un muñeco hecho de ramas y pedazos de madera que aportan los vecinos–; y el presente, este tiempo plástico, en el que las personas hablan rápido y la tarde no existe, días y semanas con las costuras a la vista en los que soy su hija.

Duermo en la habitación pegada a la suya, Esther duerme en otra y me ayuda a levantarla, sentarla, darle de comer. Con ella habla como si fuera una vecina que le cae bien, se enoja menos que conmigo. Sé que entiende que Esther cobra un sueldo.

–No tenemos tanta confianza para que me hables así –me dice cuando le pido que por favor colabore para ayudarla a levantarse.

A veces pienso que una anciana vino y ocupó su lugar. Aunque, ¿el lugar de quién? ¿Aquella que fue era más ella? ¿Y si esta mujer medio tirana estaba dentro suyo esperando para nacer? Hoy cumple ochenta años.

Mi amigo Agus me dijo que con lo lindo que está el día le hagamos algo en el jardín, un té con amigas. Pero no le quedan amigas que puedan venir. Bochi ya no camina y está en un hogar, la tía Nely y Gaby ya no están. Así que seremos ella, Esther, Agus y yo. Agus va a traer unos honguitos que cultiva su novio y porro. Cuando llega, ellas están durmiendo la siesta.

Nos sentamos en el piso tibio de la terraza y fumamos.

—No digas nada y hoy les metemos unos hongos en el té a estas viejas locas.

Agus receta hongos hasta para calmar la diarrea de un bebé. Somos amigos desde que teníamos seis años. Veníamos después del colegio a comer a casa y se quedaba. Muchas veces mentimos que era mi hermano. Lo decía cuando conocíamos gente nueva. Bailábamos y nos disfrazábamos de las Spice Girls, a mí me gustaba Victoria, por el carré impoluto y a él la pelirroja. Después nos tomó la oscuridad. Fue una adolescencia sin talento, dice él, pero que al menos pasamos en la calle, cantando canciones que sonaban en la radio una vez por día, buscando CDs en una galería oscura, fumando a escondidas, a la noche y en la calle, siempre en la calle, escapando de las luces, buscando un teléfono público solo para avisar que no volvíamos. Nadie nos prestó mucha atención.

—Por eso ahora nuestra generación organizó la fiesta de la vida adulta con todas luces encendidas, estamos demandando que alguien nos mire —dice Agus—. Es una fiesta ordenada, cada uno desde su casa, nos podemos ver siempre. Nos perseguimos todo el día, no hay respiro, nos vemos, nos escuchamos, nos escribimos y gustamos de todo, todo el tiempo, sabemos, miramos y nunca nadie dice la verdad.

Cuando cumplimos treinta se dio cuenta de que le gustaban los hombres. Viajó a Ibiza después de conocer a un chico en una fiesta que lo miró de una forma que lo descolocó y antes de irse me dijo me voy, no estoy bien. Desde allá me mandó un mail con una prosa en apertura que decía: estoy haciendo destrozos. Cuando volvió, me preguntó por qué no me sorprendía que fuese gay, que por qué nadie se sorprendía cuando lo contaba, que al final nadie le había avisado y se había estado desperdiciando. Cuando mi mamá se enteró de su crisis lo sentó y le dijo que nada de desperdicio, que la vida tiene profundidad, no es una carrera, tiene niveles, capas, subsuelos. Que uno cree que avanza, pero la mayor parte del tiempo nos estamos corriendo la cola.

—Es un baile, no hay que ir a ninguna parte.

Ella siempre impartió la sabiduría que no practicó. Nunca aprendió a preguntar cómo estás, sus dramas fueron el centro de nuestra vida, un motor, un sistema hidráulico que mantenía la fuerza y propulsión de toda la máquina. La seguridad viscosa, secreta, totalmente silenciada de que el mundo estaba contra ella y que eso mismo era su salvación.

—¿Hoy quién piensa que sos? —me pregunta Agus.

—Veremos cuando se despierte, toda la semana fui mi tía Nely.

*

—¡De manual! —gritó mamá una mañana—, ¡tan obvio, tan obvio! Treinta años más joven, ¡qué ridículo!

Bochi la llamaba por teléfono para contarle que su marido la había dejado por su secretaria.

—¿Y te lo dice así, de un día para el otro? ¡Se va a aburrir como un hongo!

Una noche papá también lo hizo. Era octubre de 1994, yo tenía diez años y él la dejó por Luisa que acaba de cumplir veinticinco. Se fue después de la fiesta de cumpleaños de Jorge. Habíamos llegado a casa como siempre. Podría haber sido una vuelta espejo de otras mil vueltas a casa al final de una fiesta, o de sus comidas en el club. Estacionaron el auto en el garaje casi sin hablarse, ella fue hasta la cocina a buscar un vaso de agua para bajar el cuartito de Alplax, después subió, me tapó y me dio un beso, y él salió al jardín a apagar los reflectores del fondo. Después, ella se puso el pijama, se lavó la cara y se acostó. Cuando estaba tapada, a punto de apagar su velador, él apareció a los pies de la cama, ni siquiera se había sacado la campera. Parecía un enfermero, alguien que se acerca a tu lecho porque estás en peligro. Le dijo me voy.

—Me voy.

Dijo que se iba. Que ahora no podía hablar.

—Pero es lo que estuve tratando de decirte todo este tiempo. Conocí a una mujer, ya lo debés saber, no puedo seguir así.

Después, las dos lo escuchamos bajar las escaleras, correr el portón, activar la alarma y arrancar el auto.

Esa noche el pijama de él quedó debajo de su almohada. La primera vez que ella lo había visto hacer eso, sacarse el pijama, doblarlo y guardarlo debajo de la almohada, estaban de luna de miel en Río de Janeiro. No había ningún orden entre sus cosas, ni siquiera habían sacado la ropa de las valijas, eran jóvenes, yo no existía, no guardaban la comida en alacenas, ni la ropa en el placard, simplemente se vestían, compraban y comían en la cama, se reían, tomaban alcohol y no discutían tanto, o discutían, pero sin imaginar que las peleas eran animales que crecían, unos que estaban alimentando y mejorando, haciéndolos cada vez más fuertes, más dañinos. Así que el gesto de doblar el pijama, guardarlo ahí, a ella le había parecido un hallazgo, un rincón nunca antes visto de una personalidad amada. Se rio, le dijo que era algo anticuado. Y él también se rio.

Se rieron juntos. Y desde ese día, los dos guardaron sus pijamas así.

Veintisiete años después, el de él era uno celeste con rayitas blancas de una tela suave y pesada, abrigado y hospitalario que habían comprado un invierno en el Corte Inglés, en un viaje a Madrid que había tenido de todo, días de letargo por una pierna hinchada, tardes de gastos compulsivos, retención de líquidos y museos, ráfagas turísticas de ilusión. Habían estado en esa tienda de mil pisos toda la tarde, subían, bajaban. Subían y bajaban. Y discutieron todo el tiempo por el tiempo que perdían, le dedicaron horas al asunto de las compras y a elegir ese pijama.

Ahora, estaba ahí, debajo de la almohada. Ella lo vio. Lo vio mientras trataba de entender a qué se había referido él con «tratando de decirte todo este tiempo», si se refería a esa noche en particular, en la cena de cumpleaños a la que habían ido, porque tal vez él había estado haciendo señas como en un juego de cartas del otro lado de la mesa y ella no había sabido leer, o si se trataba de un tiempo un poco más abarcativo, uno que incluía los portazos y los gritos de los últimos años. O si se trataba de algo todavía más grande, como un país en crisis, una bancarrota que se avecina, un veneno que alguien le había estado poniendo al agua a escondidas y entonces ese tiempo era todo el tiempo, los años que llevaban juntos, la suma de horas sentados en el auto yendo a lugares, las horas en la casa y en especial en la cocina, las vacaciones y los trámites, los sueños y el insomnio, el sexo sobre el bote matrimonial y el hartazgo, la mañana en la que ella lo notó con menos pelo, cuando él se la cruzó en una foto y no la reconoció, los días preocupados y los días que se roban con infidelidad. El matrimonio. La vida.

Quizás él había estado tratando de decir algo en otro idioma y ella no había entendido, ni siquiera supo que tenía que prestar atención y habían seguido adelante, como suele pasar en el amor, porque es una canción pegadiza que cuando la traducís y entendés lo que dice ¡zaz!, resulta un horror, un sinsentido.

Y mientras pensaba en todo eso, mientras el Alplax subía y ella daba brazadas entre preguntitas, vio el pijama de él asomarse por debajo de la almohada. Parecía que fuera de ella, un pedido que él había rechazado, una idea suya vergonzosa que la había dejado sola, en penitencia, todo el matrimonio mal doblado debajo de una almohada, tiempo perdido en un viaje muy caro, un capricho, veintisiete años haciendo fuerza.

Había llegado a la conclusión de la fuerza más tarde, en sus conversaciones eternas con la tía Nely o con Bochi al teléfono. La hipótesis decía que quizás solo habían estado haciendo fuerza para que el matrimonio funcionara.

–Pero ¿qué es una pareja sino fuerza?, ¿cómo puede haber parejas que no usan la fuerza? –había dicho mamá–. ¡Hasta cuando se patina se hace fuerza!

–Es de otro tipo –le dijo Bochi–, no la fuerza que se hace cuando se carga a un muerto.

Cuando se volvieron a ver y discutieron en el patio, él había hablado de amor hacia la nueva mujer, hacia la chica, y también frente a mucha gente, en otro viernes de club en el que la tía Nely lo escuchó al pasar. Que estaba enamorado.

Me lo dijo a mí una noche en su auto. Fue la noche en que la conocí. Me pasó a buscar temprano, estaba bronceado, el pelo distinto, usaba una camisa de colores que nunca antes le había visto usar. La pasamos a buscar por su casa para ir a comer juntos los tres y se sentó adelante. Yo tuve que bajar y abrir la puerta y dejarle el lugar. Tenía el pelo corto sobre los hombros, era pelirroja y con las tetas chiquitas, los labios inflamados, como cuando me picó una araña y me inyectaron corticoides. Ella me sonrió.

–Hola, yo soy Luisa –me dijo y sonrió otra vez nerviosa.

Sonreía todo el tiempo. Se parecía a mis amigas del colegio cuando nos cruzábamos con el lindo.

Después papá arrancó y ella le tocó el pelo de una forma en la que nunca antes se lo habían tocado, desde la nuca y a contrapelo, el tipo de caricia que parece improvisada, pero nace del entrenamiento. Pensé que era una chica de otro planeta que había aterrizado para hacerlo feliz, aunque no podía creer que se hubiera fijado en él. Tenía la piel suave como la mía, no se parecía en nada a mamá.

–Hijita, ella es Luisa, papá está muuuy enamorado –me dijo torciendo el cuello como un taxista que cuenta un chiste y reclama complicidad.

Pero todo el mundo sabe que un hombre no se enamora de una mujer veinticinco años más joven, solo estaba poniendo la música sin sentido a todo volumen, un hit contagioso con una letra idiota tapando la verdad. Sonreí y me cerré la campera, actué asombro y empatía, me quedé callada y no le conté nada a mamá cuando volví a casa. Un show de magia necesita la entrega de sus fieles.

*

Esther sale al jardín y dice que mamá se despertó. Cuando entramos con Agus a su habitación está sentada a los pies de la cama, me pide que le ponga las zapatillas. Se las ato fuerte, no quiero que se le suelten los cordones, no quiero que se caiga, que se rompa la cadera. Ella no lo sabe, pero vive entre algodones. La ayudo a colgarse la cartera, aunque solo vamos hasta el jardín.

–Querido, por qué no me ponés ese sombrero –le dice a Agus y le señala uno de paja sobre una silla.

Vaya a saber quién piensa que es él, pero no preguntamos.

–¿Se quiere mirar lo linda que está? –le dice Agus y ella le devuelve una mirada fulminante.

Desde hace unos años decidió no mirarse más al espejo. Con Esther descolgamos el que estaba en el living y tapamos el de su baño con una toalla. Cuando la peluquera vino a cortarle el pelo e inocente le puso el espejito adelante, ofendida dio vuelta la cara.

–Ni se te ocurra.

La peluquera nos miró desconcertada y Esther dijo qué se le va a hacer.

–Ella es así, no se mira más.

–No me miro más porque esa no soy yo.

Una tarde, estábamos paradas las dos en la entrada de un cine, frente a un espejo inmenso. Se dio vuelta y de espaldas a nuestro reflejo, por lo bajo, me dijo:

–¿Qué le pasa a esa vieja que me mira con cara de loca?

Agus la lleva del brazo y yo camino atrás, con su almohadón para la espalda. Esther ya está en el patio acomodando la silla en la que la vamos a sentar. La vejez es una guerra y por eso su ejército.

–¿A dónde me llevan? –dice.

–Vamos afuera que está preciosa la tarde –dice Agus.

–Vení, Nely –me dice a mí–, vamos a juntar hormigas.

En el jardín rejuvenece. Mira sus plantas y sonríe.

Agus le dice que es un jardín hermoso, que los jazmines son deliciosos.

–Deberías salir todos los días a mirarlas.

Su jardín siempre fue el bosque frondoso y caótico que ella montó en los márgenes, lo que hacía atrás de la casa, en las horas en las que yo no estaba. Pasaba desapercibido hasta que me subía a mi triciclo y avanzaba por ahí. Me dictaba desafíos desde la mesada y, mientras lavaba los platos, yo juntaba tres flores chinas caídas, algún limón, y le separaba los pétalos a los pensamientos. Después entraba a la cocina con los tesoros y ella los recibía con sorpresa, una expresión de asombro y alegría. Fingía no poder creer lo que había conseguido.

*

Siete meses después de que él se fuera de casa, a mamá le encontraron un tumor debajo de un pezón. Era grande y se estaba ramificando. La operaron y le dieron quimioterapia. El pelo se le cayó después de la primera sesión. Había sido un deterioro imperceptible, una muerte chiquita que había empezado en su corazón y terminó alertando a todo el cuerpo. Como un velorio en un pueblo, todos asistieron y al final todos estaban contagiados.

Cuando empezó el tratamiento aparecieron los hospitales, las salas de espera, el tráfico de turnos y las recetas, la semiología de la enfermedad y los eufemismos para no decir muerte. *El cuerpo, sus penas* era el libro que tenía en su mesa de luz. «Si el amor mueve montañas, el dolor las convierte en tumores», me leyó una vez. Después le dieron rayos y, al final, se recuperó.

Lo que siguieron fueron días, meses, años obsesionada con las dietas, con el pelo, con el paso del tiempo sobre el pelo y sobre la piel.

–Esa forma obscena que tiene la piel de separarse de los músculos como si quisiera divorciarse –me dijo.

Usaba cremas especiales para el día y cremas de noche, gotas de aceite en las comisuras de los labios y alrededor de los ojos. Su profesora de aerobics le había recomendado un extracto de trucha que le devolvería la elasticidad. El baño olía a pescadería. Se ponía huevo en el pelo y cuando no estaba débil como un papel, entrenaba.

Cuando llegaba del colegio, la encontraba frente al televisor haciendo abdominales, sentadillas o estocadas. Miraba un video que le había llegado por correo en el que Cindy Crawford se movía haciendo ejercicios con una malla enteriza en la playa y a veces con un shortcito en un loft, un hombre cada tanto la levantaba en brazos, la hacía girar sobre el horizonte. Cindy hablaba y dirigía a mi mamá, se escuchaban gritos en inglés, alguien le contaba las sentadillas a ella y a mamá.

Hacía dietas disociadas, dietas que seguían el ciclo de la luna, el ciclo de las aves y el de algunos insectos. Primero hizo una a base de grasas que había inventado un médico chino en Miami, después pasó por otra a base de verdura cruda y aceite de oliva que le dijeron que venía del Mediterráneo, al final ayunos como le había recetado una nutricionista de Llavallol. Se incrustaba semillas en las orejas para calmar la ansiedad, fumaba cigarrillos de lavanda, de marihuana y empezó a tomar más antidepresivos.

Leía todo lo que le daban, libros de autoayuda, revistas en la tempestad, y repetía teorías paranoicas sobre la responsabilidad de la mente en la enfermedad con una suerte de tuti-fruti que adjudicaba una parte del cuerpo enferma a un problema del mundo de las emociones, por ejemplo, TUMOR PULMÓN DERECHO = MATRIMONIO, LADO IZQUIERDO

EN GENERAL = PADRE. Y así. Casi todo estaba relacionado con los padres y las parejas, pero más que nada con la indiferencia de los adultos, el dolor que se calla y el engaño. Mi papá decía que eran pelotudeces.

–Decile a tu mamá que si eso fuera cierto estaríamos todos enfermos.

La tía Nely le había recomendado una piedra para llevar en la vagina. Dijo que se llamaba Obsidiana y que era una piedra que usan las mujeres, hecha de restos volcánicos, de color negro y cargada de energía que la hacía soñar raro y apabullante, sexual, la desconcertaba. Se acostaba en la cama y se tapaba, abría las piernas y se metía la piedra, ni muy abajo como para que se caiga, ni muy arriba como para perderla.

–Anoche me crecían brazos en la cabeza. Yo era una cucaracha gigante luchando contra hormigas que tenían la cara de la noviecita de tu papá –me contó una mañana–. Esperaba algo más sensual, pero parece que estoy llena de bichos.

A los días tenía que parir la piedra, y anotar los cambios, llevar un diario registrando las diferencias entre los días. En el cuaderno anotaba sueños y pesadillas, algunos dolores, pero también la vi anotar unas cuentas y números de teléfono, la lista para el supermercado. Después de un tiempo dejó de usarla y la piedra pasó a formar parte del resto de las piedras sobre las que meaba Cáncer.

Cáncer era mi gato, lo habíamos encontrado camino a la verdulería y mamá lo trajo a casa. Yo estaba obsesionada con las palabras, así que lo bauticé así y a ella le dije que se llamaba Bandido. Cáncer me había parecido un nombre lujoso, contundente y ácido, ¿el nombre de un antiguo reino?, quizás el de algún emperador, seguramente un huracán, el nombre de un galeón hundido con tesoros, una energía imaginaria que divide los mapas. Empecé a escribirlo en todos lados.

Cáncer dormía hecho una bolita abajo de mi brazo. Yo le hablaba en susurros para que ella no me escuchara.

–No, Cáncer, ahí no… –pero a la noche se fascinaba con mis axilas.

Me lo ponía sobre la panza y me caminaba por el cuerpo. Encontré un sticker que decía Cáncer por el signo astrológico y lo pegué en mi carpeta del colegio, un cangrejo sostenía las letras. Mis compañeras me preguntaban por qué hacía eso si yo era de Escorpio, que dejara de inventarme una personalidad. La maestra llamó a mi mamá.

–Está tratando de decirnos algo.

–¡Que tengo cáncer! –le dijo y se levantó.

Después me pidió que dejara de escribir eso por todas partes, que a la gente le asustaba.

*

Agus arma otro porro. Fuma y me lo pasa. Mamá mira la llama.

–Esa tarde estábamos las dos acá mismo –me dice ella–, no entiendo cómo no te acordás, Nely.

Esther está adentro preparando el té.

–Papá tomaba unos vinos con don José, el de al lado, y don José decía que el vino era ordinario mientras se servía. Decía que él tomaba nomás para acompañarlo, pero que en verdad estaba acostumbrado a los vinos de no sé dónde. Después, papá sacó un cigarrillo y don José se lo quiso prender con un encendedor dorado, pero como estaba tan borracho apretaba y apretaba y no podía. Papá agarró los fósforos y quemó un billete y con la llama prendió el cigarrillo. Don José le preguntó qué hacía y papá dijo que en Sevilla él siempre prendía los cigarrillos con billetes. Cuando mamá se dio cuenta de que la ceniza era dinero, se enojó mucho porque no tenían para pagar el almacén. Qué rabia me da que nunca te acuerdes de las historias.

*

Cuando terminé la secundaria, su médica le recomendó vida normal. El tratamiento había pasado y tenía que recuperar sus rutinas, dijo. La tía Nely y Bochi, las mismas que la proveían de libros de autoayuda, la alentaron a que hiciera un viaje, decían que estaba probado que el aire de montaña cura, que mucha gente enferma había viajado y se había recuperado, les había cambiado el ánimo.

A ella no le gustaban las montañas, decía que era una geografía para gente con plata, que si no tenías auto y comodidades, estabas atrapado. Después de que papá se fuera había conseguido trabajo como secretaria en un estudio jurídico. Usaba trajecitos de pollera y blazer azules o blancos. Se habían puesto de moda unas remeras y cárdigan de cashmere del mismo color, uno arriba del otro, en colores pasteles. Uno de los abogados del estudio le recomendó Mar del Sur, le dijo que él veraneaba ahí con su familia. Así que se reservó una habitación en el único hotel cerca de la playa.

A la semana me llamó y me dijo que no le parecía que el mar le estuviese haciendo mejor, pero que estando ahí se había acordado de su luna de miel, de ese viaje que había hecho con papá a Río de Janeiro. Que, si ella hubiera mirado bien, a tiempo, todo lo que pasó no habría pasado.

–Una siempre sabe, siempre. Pero se hace la tarada –me dijo.

Cuando volvió, empezó a salir con un hombre. Se llamaba Alberto y lo había visto por primera vez en el estudio jurídico. Alberto tenía poco pelo y usaba pantalones de colores claros, llevaba un pañuelo en el bolsillo de la camisa que asomaba como la punta de una servilleta, vendía pólizas, se había mantenido soltero saltando de novia en novia y de barrio en barrio y no tenía hijos.

Durante unos meses, salieron a comer afuera, se encontraban en el café que está a la salida de la estación de Temperley, caminaban por Meeks hasta otro bar, se besaban en las galerías mientras miraban lo que no pensaban comprar. Frenaban en alguna esquina de árboles altos, en la puerta del colegio inglés y se abrazaban. Mamá estaba contenta, estable, él quería que ella lo acompañara al bingo, pero mamá le decía que era tonta, pero no tanto como pagar impuesto, un chiste de mi papá que cada uno repetía por su lado.

En uno de sus controles le encontraron un nuevo tumor, esta vez en la otra axila y le dijeron que la iban a tener que operar y darle quimioterapia. Cuando salió de la consulta se imaginaba lo que venía porque ya lo había pasado. Se encontró con Alberto en el café de la estación y él le dio la mano sobre la mesa.

–Todo va a estar bien –le dijo–, no tenés que pensar cosas feas.

Después de unos días, lo llamó por teléfono porque no tenía noticias.

–Me parece que va a ser mejor que dejemos de vernos, no creo que pueda acompañarte en lo que viene, pero estoy seguro de que tu familia sí lo hará y de que estarás acompañada por tu hija –le dijo y nunca más la llamó.

Ella dijo que esta vez no iba a atravesar el tratamiento sola, leyendo bibliografía obtusa y tomando leche con ajo, que esta vez iba a formar parte de algo grande. Así que se unió a un grupo de mujeres que se reunían en los salones de la iglesia, los mismos que se usaban para las reuniones de Acción Católica, de NA o de AA, pero ellas se llamaban No pierdas tu pelo. Habían inventado unos cascos de hielo que evitaban la caída. Las había conocido durante el tratamiento anterior, pero esa vez había sido tarde, porque ya estaba pelada.

Esta vez se unió al grupo, y alentaba a las nuevas a que los usaran, decían que se podían ver los resultados y que había mujeres que habían mantenido todo el pelo. Algunas se sentaban en la ronda, pero no querían usar los cascos, decían que todo se podía ir recontra bien a la mierda, las terapias de rehabilitación, los ejercicios para respirar, todo. Y una dijo que pelada y sin tetas se parecía a un elfo y eso la hacía sentir especial.

Mamá abrazó al grupo por encima de las dietas, los conjuros y el esoterismo. Iba tres veces por semana y participaba de todos los talleres, uno de sexualidad, otro de alimentación, meditación y genética. Los sábados a la tarde se reunían en casa y se sentaban en el living, se sacaban los pañuelos de la cabeza, se llamaban Las Budas. Desde la cocina las escuchaba reírse. Hacían chistes negros y se habían puesto apodos, Nodulitos, Mamagrafía, La Mancha. Aunque más que nada se hacían compañía. A veces, alguna traía algo para leer y todas escuchaban. Un día, Elfo se suicidó.

–Ante el suicidio, respeto –dijo una que era psicoanalista. Esa tarde se quedaron en silencio.

Pero en general, lloraban y reían, lloraban y reían, gritaban o susurraban, se abrazaban. Podría haber sido un grupo de compañeras de teatro ensayando en casa, pero eran mujeres agarrándose entre ellas. Un juego que hacían a oscuras y a los tumbos, un juego en el que al final nadie prendía la luz ni las premiaba.

*

Una tarde, una vecina las fue a buscar a ella y a su hermana Nely al colegio. Del viaje, mamá solo se acuerda del calor, el silencio de la siesta que roncaba en chicharras y un vapor blanco que desprendían los adoquines y teñía los árboles. Nadie en el auto les habló. Dice que ella apretó tanto las uñas en el cuero del asiento que dejó marcadas sonrisas filosas por todas partes. Nely viajaba inmóvil a su lado. Después, la casa de su tía Inés, el olor a lejía, un viento fresco que volaba el mantel con margaritas, una rueda de camión colgada de un sauce sobre la que se columpiaron hasta que cayó el sol y nadie las vino a buscar ni a explicar nada.

–No me parecía bien estar triste frente a esa fuente tan rica de fideos con pesto y con la perspectiva de dormir en casa ajena –dice.

Pero cuando apagaron la luz, un puño de plomo le aplastó el pecho. A la mañana, con el olor de las tostadas, alguien les dijo que había muerto su papá.

Las vistieron a las dos iguales, con soleros amarillos, trenzas cruzadas sobre la cabeza, y las llevaron adonde él estaba.

–Una casa de vidrio frente a la estatua del Resero –dice–. Cuando me alzaron para darle un beso, me quedé esperando que abriera un ojo para hacerme un guiño, quería zamarrearlo, pero todos los grandes me miraban y mi mamá lloraba.

Recién pudo llorar muchos meses más tarde. Una mañana en la que estaba persiguiendo hormigas telegráficas que subían al pilar de la luz y vio pasar el coche blanco con la cruz en el techo.

–¿Qué llevan en esa caja? –le preguntó a Nely.

–Un ángel –le dijo Nely persignándose.

–¿Qué es un ángel?

–Alguien que va a vivir al cielo para siempre y nos viene a visitar cuando dormimos.

–Entonces pensé en papá –me dice– y me olvidé de las hormigas que siguieron trepando al infinito.

*

Cuando me llamó aquella vez desde la playa, me dijo que se había acordado de algo que había pasado durante su luna de miel.

–Estaba sentada mirando el mar y me puse a pensar en eso.

Fue el verano de 1973. El hotel estaba en rúa Duvivier en Copacabana. Vi las fotos de ese viaje y de esos chicos que eran mis padres: él con pantalones oxford y una chombita naranja apretada y metida adentro del pantalón, el pelo sobre los hombros. El pelo de ella largo hasta la cintura, negro terciopelo, y un vestido bobo, floreado y ancho por arriba de las rodillas. Escuchaban sin parar Garota de Ipanema y una noche bailaron en el restaurante del hotel. Ellos y dos o tres parejas más que también se animaron, mientras una banda tocaba en vivo y los demás seguían comiendo.

—Era algo que se podía hacer, correr una mesa y bailar, antes hacíamos mejores cosas.

Más tarde robaron un vodka de la barra del bar e hicieron el amor en un cuartito de limpieza. El tercer día conocieron a una pareja. Ella se llamaba Silvia y él Luis.

—Nos llevaban varios años, ella debía tener cuarenta y algo y él cincuenta. Tu padre hizo buenas migas con él, un día hablaron al pasar en el ascensor y a la mañana siguiente nos saludamos en la pileta.

Más tarde en la playa, el azar los ubicó cerca. Ellos sentados en sus reposeras plegables y ellas recostadas en la arena empezaron a charlar. Silvia leía un libro que enseguida dejó a un costado para acercar su toalla e iniciar la conversación.

Comieron juntos los cuatro por el resto de esos días. Mamá dijo que Silvia y Luis eran una de esas parejas que uno mira y se pregunta ¿cómo lo hacen? Se hablaban bien y se reían. Él pasaba su brazo por encima del hombro de ella y la besaba con discreción, pero deseando. Las carcajadas de él parecían genuinas, hablaba de ella y la admiraba sin pudor.

Una mañana, Silvia y mamá se saludaron como siempre en el desayuno y más tarde se fueron juntas a la peluquería por ocurrencia de Silvia, a caminar por Barata Ribeiro donde se compraron el mismo bikini en Bumbum.

—Yo jamás hubiera ido a la peluquería estando de viaje, cosas de ricos —dijo.

A la mañana siguiente, y de sorpresa, como una broma para sus maridos, las dos aparecieron iguales en la pileta del hotel. Cada una con su bikini de color rojo y costuras blancas.

–Tu padre puso cara rara cuando me vio llegar así a desayunar –dijo mamá–, como si se le hubiese desinflado algo adentro.

Alguien podría haber pensado que una idea triste o preocupante se le había cruzado por la mente, como cuando algo te amarga de golpe, después te olvidás qué era, pero te deja turbado.

–Qué fue esa pendejada de irte toda la mañana con esa tilinga –le dijo más tarde en la habitación.

Luis, en cambio, las miraba contento, la sorpresa parecía haber sido solo para él.

En la playa, mamá se sentó a tomar sol en la arena, el pelo negro largo cayéndole por la espalda, la piel blanca, la sonrisa fina. Luis se acercó y se sentó junto a ella. Silvia se bañaba en el mar y papá había ido hasta un puestito a buscar algo para tomar. Luis estiró las piernas y miró hacia adelante. Sentado a su lado, le rozó el brazo con el suyo.

–Qué ingeniosas con lo de los bikinis –le dijo.

Mamá sintió algo vibrante. Él, sin dejar de mirar a Silvia que cruzaba perpendicular la línea del horizonte y caminaba hacia ellos con una sonrisa ancha, le dijo:

–Si fuese un caracol, me metería dentro de tu bombacha, llegaría hasta ahí, me quedaría adherido, hasta mojarme todo.

Después se levantó y caminó hacia su esposa. La besó y la abrazó.

Mamá no se volvió a poner la bikini. Silvia le preguntó por qué no la usaba y ella le dijo que se le había zafado el broche de atrás, que cuando volviera a Buenos Aires la iba a mandar a arreglar. Pero Silvia insistió con que la fueran a devolver, que se la iban a cambiar. Insistió tanto que a la mañana siguiente cuando la vio llegar con una enteriza vieja de color negro le dijo que la esperaba en el hall del hotel, que ella la acompañaba.

—Tuve que romper la hebilla y fuimos juntas hasta la tienda.

La señora que se la vendió les dijo, o eso entendieron, que no se la podía cambiar, porque estaba rota.

—Decime la verdad, te la rompió tu marido de un tirón —le dijo cómica Silvia cuando volvían caminando al hotel.

—Mirá qué boba yo —me dijo mamá cuando me lo contó—, no decir nada, a tu padre, a ella… Otra época.

*

Al final los honguitos de Agus los comimos nosotros. Ahora él se fue y Esther ya está durmiendo.

Ella y yo nos acostamos en su cama.

—Nely, ahí viene mamá a buscarnos —me dice.

Cierro los ojos y la dejo hablar. Una mujer calienta con la plancha las camisetas, después las medias largas y al final los delantales. Nosotras somos dos niñas somnolientas, flacuchas y desnudas sentadas al borde de la cama esperando el ritual de la mañana. Mientras tanto la mujer nos canta.

—Mis ovejitas son blancas y con lunares…

Se nos cierran los ojos y cuando nos estira el pelo fuerte los abrimos de golpe.

—Con las que tengo negras cuarenta pares…

Nos moja la cara con una toalla, nos moja el pelo, sonríe.

—Y en el otoño mi niña y en el otoño…

En la mesa de la cocina hay dos tazas de leche con cascarilla y unos panes tostados que de tan duros hay que meterlos en la leche caliente para que ablanden, pero igual nos quedan pedacitos negros y amargos, duros, entre los dientes.

–Cuando no tienen yerba comen madroños, comen madroños…

Cuando estamos listas, abre una lata de té antigua y saca unas bolsitas con olor penetrante, las prende con alfileres del lado de adentro del delantal blanco. Puedo sentir el perfume expansivo del alcanfor, aunque no sé si lo conozco.

Nos abriga, nos da un beso, nos acompaña hasta la puerta.

–Una cordera blanca que yo tenía, que yo tenía, con la flor de la zarza se mantenía, se mantenía. Una cordera blanca que yo tenía…

Ahora ella se duerme. Desde acá puedo ver a su madre en la cocina.

No sé dónde habrá quedado la mía.

Un amor como el nuestro

DURANTE EL VUELO le pareció ser liviana, insignificante. Atravesó nubes enormes y oscuras, densas pelotas de lana gris que se fueron disipando a medida que el avión avanzaba. A la derecha, brillaba eléctrico el Río de la Plata, con aureolas metálicas de aceite y petróleo. Ahora, está de nuevo sobre la tierra, con su gravedad asfixiante y con su cuerpo. Todo ese montón de cuerpo que desde hace algunos años emprendió su propio viaje interestelar, enemistado con la cabeza y, sobre todo, lejos de lo que ella deseó cuando era joven. El cosquilleo de siempre al costado de la pierna es la electricidad que la enciende y le recuerda quién es.

Una vez corrigió un libro sobre un astronauta que había vivido un año entero en el espacio. Lo primero que pudo decir cuando pisó la tierra de nuevo fue que el dolor de piernas era insoportable. La sangre le pesaba una bestialidad, su cuerpo era un edificio. Julia se siente así, aunque apenas se aleje de su casa. Cuando sale del trabajo, y ya casi es de noche, podría arrastrarse hasta el subte.

Son las seis y media de la tarde y el avión aterrizó en el aeropuerto de Iguazú. El piloto anuncia que la temperatura es de 25 grados, la sensación térmica de 29, el cielo está despejado, sin probabilidades de lluvia para la noche, que les desea a todos una placentera estadía y muchas gracias por viajar con Aerolíneas Argentinas. En cuanto cruza la puerta del avión y baja las escaleras, la humedad la estrangula. Se siente sucia, desaliñada, aunque se bañó y se puso ropa limpia antes de salir de su casa. Es un sentimiento que nació con ella. La expectativa por viajar lejos de casa, la fantasía durante los días previos, la ropa que va a usar, el peinado que se hará o la personalidad que tendrá durante esas vacaciones, esa fiesta, o esa cita –ser simpática, no hacer conjeturas antes de tiempo, relajarse– y al final, el golpe seco, jurídico, de la realidad. Ser culpable de ser siempre ella misma a pesar de usar su mejor ropa o haber recorrido kilómetros.

En el pasillo espejado hacia la salida se ve. El pelo frizado por la humedad, la joroba incipiente por todas las horas frente a la computadora, su carry-on gastada y bien adentro, toda su colección de pensamientos: las preocupaciones del trabajo, el odio a los que se habían parado antes de tiempo para salir del avión, la inquietud por haber aceptado compartir el viaje con Leslie.

En cuanto enciende su celular, le llega un mensaje suyo. ¡Julia, te espero en el hotel! Te busca un señor que se llama Ismael.

Julia y Leslie se hicieron amigas por mail. En el pasado habrían dicho que eran amigas por correspondencia, se habrían mandado sobres y canciones y quizás nunca se habrían visto la cara más que en fotos. Durante la pandemia incorporaron las videollamadas. Julia vive en Buenos Aires, apenas a unas cuadras del Obelisco, y Leslie en Marfa, al oeste de Texas, con Matt, su marido y un montón de animales de granja. Leslie escribe novelas eróticas, *De espaldas, pero no corriendo*, que publicó en 2006, lleva miles de ejemplares vendidos en todo el mundo y se tradujo a veinticuatro idiomas.

Casi todas sus historias transcurren en Nueva York y las protagonistas son chicas indefensas con trabajos humillantes o mal pagos, casi siempre huérfanas y meseras, abusadas en la adolescencia, hermosas e inseguras, que una noche de lluvia viajan accidentalmente en el auto carísimo de un hombre con mucha plata y al que le gustan los golpes durante el sexo. En una entrevista, dijo que no podría definir sus influencias, que todo está en su cabeza, los personajes le piden acción y ella solo cumple órdenes. Y que jamás podría leer una novela escrita en primera persona.

No tendría por qué conversar con Leslie, porque no es su editora, pero en la editorial en la que trabaja como correctora publican la traducción que España hace de sus novelas y después de adaptar follar por coger, calcetines por medias, el tanga por la tanga, le tiene que enviar la nueva versión para que apruebe. Julia le escribe los mails en un inglés precario y Leslie ejercita su español que es excelente. Su padre era mexicano y hasta hace algunos años tuvo con quien hablarlo.

Leslie escribe sus novelas en inglés y después su agente las vende a todo el mundo. Una vez le dijo que no podría escribir en español, no le parece sexy y hacer que las cosas pasen le lleva demasiadas palabras. La primera vez que leyó una novela adaptada al rioplatense, se sorprendió al no encontrar una sola polla ni un coño, dijo que ahora estaba llena de pijas, el nombre de un pájaro tropical, el tipo de animales que gritan para anunciar apareamiento. *¡Nuestro español es ruidoso!*, le escribió en el mail. *No es una lengua que monta caballos, ¡es un caballo!*

Fue así como se hicieron amigas. Un día pidió hablar con Julia, le agradeció su trabajo y comenzó el ir y venir de mails. *Valoro lo que hiciste, es impecable, no dejaste una sola polla en pie.* Al final ponía risas y un monito tapándose la boca.

Cuando llega a la calle, un hombre alto, de unos setenta años, con el pelo gris y una boina negra sostiene un cartón que dice: JULIA GIGOTTI – POLICÍA DE POLLAS. Hay otros hombres y otros carteles y otros mensajes más concretos y asépticos. Un apellido a secas, el nombre de una empresa, agencias de turismo, y un chico con un cartel que dice BEBITA TE EXTRAÑÉ.

–Hola. Yo soy Julia –le dice Julia al señor de boina, sin querer del todo ser la Julia del cartel. Un poco avergonzada por lo de las pollas, aunque confiada. Después de todo están en Argentina y en cualquier parte de Argentina una polla es una gallina joven.

–Mucho gusto, seguime por acá. –Le saca la valija de las manos y se da vuelta.

Julia camina detrás con la mochila colgada de un hombro. Hace mucho más calor que en Buenos Aires y está transpirando.

–Subí por acá –le abre la puerta de un Renault 9 de color negro–, me llamó tu amiga para que te venga a buscar.

El señor sube y enciende el aire acondicionado. Julia siente alivio durante los primeros instantes, algo físico que se extiende hasta el ánimo y activa un breve subidón de entusiasmo.

–Mi nombre es Ismael –dice cuando arranca. Tiene una mancha de vitiligo en el cuello que lo envuelve y baja por su espalda, un camino blanco con pequeñas islas alrededor que se pierden dentro de la camisa–. Está haciendo unos días bárbaros, esperemos que la tormenta se demore.

–En Buenos Aires estaba horrible.

–Esa agua viene para acá. Esa tormenta se podría haber metido al mar y chau pichi, pero el viento tira para este lado. Si no llueve hoy, llueve mañana.

–¿A cuánto estamos del hotel?

–Veinticinco minutos.

Tiene manchas grandes en las manos, como si se hubiese puesto guantes blancos y lleva un anillo en el anular. Del espejo retrovisor cuelga un rosario hecho de nudos en una soga y una estampita plastificada del Gauchito Gil.

–¿Hay muchos turistas?

–Todo el año hay turistas acá.

Cuando Julia le contó a Leslie que se había ganado un viaje a las Cataratas en la fiesta de fin de año de la editorial, ella le propuso acompañarla. Dijo que quería vivir la aventura latinoamericana. Pero no pudieron conseguir pasaje en el mismo avión, así que Leslie tomó un vuelo un día antes.

–Podríamos aprovechar mi viaje por la feria del libro, ¿qué te parece? –le dijo una mañana.

Los jefes le organizaron el viaje. La directora editorial dijo que, si a Leslie le entusiasmaba, estaba bien cumplirle este deseo y pagarle la estadía para que ella también pudiera conocer las cataratas. Ya que eran amigas, la iban a pasar bien.

Fue una sorpresa. Nunca antes una correctora se había ido de viaje con una escritora, mucho menos una extranjera, y muchísimo menos una bestseller. Todos sus compañeros de oficina lo comentaban. En general, su trabajo no tiene la fama de un editor. No sale a comer con los autores, ni soporta sus delirios cuando venden demasiado. Conoce los descuidos de todos, busca, y siempre que busca, encuentra errores, tropiezos, los residuos de lo que desconocen, lo limpia y se encarga de dejar las marcas a la vista para que sepan por dónde pasó. Control de cambios se llama en Word. A ella le gusta decirle alta costura.

Los días previos a la llegada de Leslie a Buenos Aires, y también antes, mucho antes, casi todo el tiempo que llevaba Julia trabajando en la editorial, la gente hablaba mal de ella. Decían: su relación con la escritora yanqui se la inventó. Decían: los editores no están tan contentos con esa amistad, tienen miedo de cómo los pueda hacer quedar, siempre está marcando errores y es fría. Hasta que el runrún escaló.

El jefe de recursos humanos reunió a todos los empleados en la sala más grande para descontracturar. Habían comprado medialunas y frutas. Le pidió a cada uno que se presentara y explicara su trabajo para el resto.

—Escriban una definición en pocas palabras de lo que hacen cada día –dijo.

Los editores enseguida se pararon, les gustaba ese estrellato, era mentira que preferían las sombras, les gustaba pasar al frente, decir yo descubrí a este, yo leí primero el manuscrito. Después, se pararon los vendedores y los diseñadores. Después de escuchar lo que el resto había escrito –«potenciamos talento», «gestionamos creatividad con experiencia», «iluminamos el bosque de una idea para que el autor encuentre su obra»– le tocó el turno a ella. Julia escondió su papel y pidió ir al baño. Lo tiró por el inodoro. Había escrito «Estar alerta y sospechar». Cuando volvió, dijo algo sobre estar detrás de escena.

–Bueno, bueno –dijo el jefe–, ahora a comer, ¡son libres!

Decían que vivía con cara de culo, que era difícil incluirla en las salidas después del trabajo y se justificaban diciendo que no tenían nada en común (¡Se sienta y no habla!). Un tipo de finanzas, casado y con seis hijos, la había invitado a misa un domingo. Se animó a escribirle un mail con asunto: *Jesús*. El mail decía *presiento que perdiste la fe y tenés una tristeza profunda. Mi comunidad podría ayudarte*. Como Julia no se lo respondió, dijo que también era una malcogida.

Cuando Leslie llegó a Buenos Aires, Julia dedicó su tiempo libre a pasearla por la ciudad. Leslie pidió ojo de bife en todos lados y estuvo muy preocupada por los cortes de calles. Se sacó fotos con Mafalda en San Telmo y con unos arbustos gigantes en el obelisco, en el Teatro Colón y en el Luna Park. Quiso una selfie con unos manifestantes en Avenida de Mayo, pero salió movida. Julia la llevó a comer empanadas y a bailar tango al Abasto, a Plaza Francia el domingo y a caminar por el Cementerio de la Recoleta.

En la feria del libro dedicó ejemplares con su firma en el stand de la editorial. Sus lectoras son fanáticas y habían hecho tazas y remeras con las portadas de sus libros, diseños que repetían el arte de su trilogía: *Rescátame*, *Arremete*, *Sujétame*. En su momento, Julia sugirió adaptar sujétame por agarrame, pero la chica nueva de marketing dijo que parecía que la protagonista se estaba cayendo de algún lado. También hicieron señaladores y cuadernos, tarjetas. Una hasta diseñó etiquetas y cocinó bombones que envolvió con la tapa de su última novela *Te dije que volvería*. Tienen un grupo de Facebook en el que comparten reseñas y fotos de los actores que se imaginan como a los personajes de las novelas. Siempre son actores muy jóvenes, chicos que podrían ser sus hijos, y se dan ideas entre sí, argumentos con los que sueñan y no reprimen nada.

Ismael maneja despacio. Julia ve sus ojos por el espejo retrovisor, le parece que la busca para estirar la conversación.

—¿Le podría pedir que bajara un poquito el aire?

—Tuteame —dice Ismael.

—Disculpá.

—Ahora salieron con eso de los suicidios, ¿lo viste en la tele?

—¿Qué suicidios?

Toman la ruta y pasan la escuela militar, hacia la derecha la selva es una cortina verde, oscura y frondosa. No parece que hubiera viento, pero los árboles se agitan todos a la vez, de un lado al otro, de un lado al otro, suavemente, como si siguieran un ritmo interior.

—Todas las semanas se tira alguien acá, no es para tanto.

Doblan en un camino de tierra y entran en la selva. Ya no se puede ver casi nada porque cayó el sol y la tupidez de los árboles lo oscurece todo. Cada tanto aparece un resort inmenso con faroles en la entrada. Cuelgan carteles con más o menos estruendo sobre arcadas de piedra, diseños en madera con dibujos de palmeras y cascadas. Jungle Hotel,

Marcopolo Suites Hotel, Posada Las Palmas. Después de unos minutos llegan. En la entrada dice Village Hotel.

–Mañana las paso a buscar para ir a las cataratas. Cualquier cosa, tu amiga tiene mi celular.

Se sube al auto y lo saca marcha atrás. Antes de alejarse saluda con la mano sacando el brazo por la ventanilla, enseguida dobla y la noche de la selva se lo traga.

El hotel es un caserón antiguo remodelado de paredes altas pintadas de amarillo y tejas rojas igual que la tierra. Desde la entrada se puede ver la pileta iluminada desde adentro con luces azules, verdes y violetas como una estación espacial, ramilletes de reposeras blancas y sombrillas azules. Al lado de la recepción hay un salón de juegos y un living en el que un grupo de personas posiblemente espera para salir a comer. Alrededor del caserón hay cinco edificaciones de dos pisos en las que parecen estar las habitaciones, construcciones más nuevas que se comunican entre sí a través de puentes, y en el centro, la pileta. Todo envuelto en árboles, un murmullo animal constante.

En el vestíbulo central, dos conserjes están tratando de dirigir con un palo a una tarántula del tamaño de un gato. La mayoría grita, tres chicos parados sobre los sillones lloran y ríen desquiciados. Los conserjes la apuntan con linternas, la encandilan, uno golpea un palo para que se asuste y salga, pero la araña está paralizada, como si a una persona le estuvieran pidiendo que se tirara al fuego.

Un hombre de pelo blanco se levanta de un sillón y deja el libro que estaba leyendo. Agarra un almohadón grande, camina hasta ellos y se lo aplasta encima. Un conserje le saca el almohadón con la araña pegada a la funda.

–Queríamos evitar esto, señor –le dice.

Los chicos sobre los sillones lloran y sus padres los cargan en brazos para llevarlos afuera. El señor vuelve a agarrar el libro y se sienta.

Leslie abre la puerta doble de vidrio que da a la piscina y entra. Tiene puesto un vestido celeste largo hasta los tobillos con volados en las mangas y en la base. Un tatuaje de una serpiente le atraviesa el escote. Usa su pelo negro y lacio, suelto hasta la cintura. Está bronceada, como si llevara ahí una semana, aunque apenas llegó ayer. La abraza y después se desploma en un sillón. Se mueve con la confianza de alguien que veranea ahí todos los años.

–¡Querida, qué alegría verte! Te sientas y me cuentas cómo estás que tienes muy mala cara.

Durante la pandemia, Leslie hizo una dieta estricta que le propuso un reality show y filmaron todo el proceso de bajar de peso. Durante algunos meses, la gente la cruzaba en la calle y la saludaba, levantaban los brazos cuando pasaban en señal de aliento. En su pueblo se volvió una celebridad. Pero después adelgazó demasiado y muy rápido y sus editores decían que parecía otra persona, que no podían usar su nueva foto en las solapas porque los lectores no iban a entender.

–Este argumento no tiene ningún sentido –le contó Leslie a Julia durante una videollamada–, todo el país vio el programa, todo el mundo fue testigo de mis cambios y mis recaídas, de los atracones y de que me creció el pelo.

Matt, su marido, apareció detrás en la llamada y la saludó. Levantó una lata de cerveza y sonrió.

Matt es americano y estuvo en el ejército durante quince años, ahora es guardia forestal. Leslie le contó a Julia que a él le gusta usar diferentes sombreros y que este trabajo es fabuloso porque se lo permite. Y también les permite cazar ciervos mula los fines de semana. *Nos gusta mucho la vida al aire libre, Matt necesita mirar alto y yo lejos*, le escribió una vez. Su trabajo consiste en educar a otros cazadores, exigir permisos y documentación, armas en regla y evitar que dejen presas heridas. *Si disparan, tienen que matar; si hieren, tienen que terminar lo que empezaron*, le escribió. Adjuntó una foto de ella y Matt junto a una camioneta. Leslie tiene puesta una campera verde militar y unos pantalones con bolsillos a los costados, camuflados, en las manos sostiene una Remington 870 como a un bebé. Matt lleva un gran sombrero tipo cowboy color crema y la camisa y el pantalón reglamentarios. Detrás, la alfombra árida y dorada del desierto y al fondo colinas rojas que parecen ilustradas. En la caja de la camioneta, dos ciervos muertos asoman sus astas.

Una vez, por mail, Julia le preguntó a Leslie cómo cazaba. *¿Nunca te tiembla la mano?* Le respondió que no, que cuando dispara siente el subidón en el pecho, un cosquilleo en el brazo, pero que cuando ve al animal tirado, en su último latido lastimoso, siente algo parecido al arrepentimiento y al triunfo. No usó exactamente esas palabras, pero dijo algo sobre sentirse triste y avergonzada, pero con un arma cargada.

¿Por qué las chicas de tus novelas no matan animales y, en cambio, las arropan con látigos y regalos caros? Leslie dijo que para ella lo más importante es hacer volar la imaginación de sus lectoras y cumplirles sueños, deseos atávicos. Por eso en un mismo párrafo los personajes se co-

nocen y se enamoran para las próximas trescientas páginas. Que ella es muy consciente de esa aparente inconsistencia, pero que de ahí nace el embrujo. *¿Quién podría dejar de leer algo que sabe imposible, pero huele furioso, salvaje, incorrecto?, ¡ja! Como en la intimidad, a la cama no llegan los periodistas y sus noticias morales.*

Otra vez le escribió *La vida es oscura, oscura y sin un final claro.* Y que sus novelas eran la puerta de escape a la resignación. *La realidad es contundente, pero eso no debería hacernos claudicar.* Más tarde Julia leyó esa misma frase en su Facebook, la foto de un horizonte sobre el mar y sobre las olas flotando las letras en color rosa. Se dio cuenta de que la había copiado de una canción, de una remera, o de una publicidad.

Cada mañana, Julia llega a la oficina, enciende su computadora y entre todos los correos sin abrir de la bandeja de entrada brilla Leslie Tecsi en negrita. Lo deja para el final, primero responde todo lo que debe, contratapas para corregir, fechas de entrega, consultas, y después se hace un café y abre el suyo.

Unas semanas antes de viajar le escribió:

¡Hola, Julia!
¡Falta muy poco para vernos! No vas a poder creer esta casualidad, anoche vino un amigo de Matt que vive en Nashville que va a quedarse una temporada en casa (problemas con su mujer y con deudas y con el juego) y me dijo que hay un hombre allí que es argentino y vende choripán y milanesas fuera de los clubes los fines de semana, es como una parrilla portátil. Así que comenzó a hablar con él una noche y resulta que era el guitarrista de

Los Charros. ¿Alguna vez escuchaste sobre ellos? Suena como que fueron bastante grandes por un tiempo.
De todos modos, pensé en ti y me preguntaba si cuando viajo podemos ir a bailar a algún lugar, algo de esa música que hacen ellos, o más autóctona. Espero que estés bien.
¡Ahora corrige todos los verbos de este mail! =)
xoxo, Leslie

Julia deja sus cosas en la habitación, mientras Leslie la espera en el comedor. Es un gran salón completamente vidriado, rodeado de cedros, lapachos y palmeras. En el centro, el tronco de un árbol crece alto y grueso, traspasa el techo y se aleja frondoso hacia el cielo. Alrededor, varias mesas con comida.

—Este lugar es exquisito, gracias por invitarme, querida.

Pero sabe que Julia no la invitó, no pagó su pasaje ni la estadía.

—Tus jefes mataron dos pájaros de un tiro —le dijo Leslie a Julia cuando se enteró del plan.

Sobre el plato tiene un ojo de bife y papas al horno.

—Matt me pidió hacer una videollamada porque no encuentra sus botas ni sus credenciales, ¿puedes creerlo? —le dice levantando el tenedor. Apoya el celular sobre el vaso y sonríe.

—¡Hi baby!

—¡Hi! —escucha Julia que dice Matt, pero no puede verlo desde donde está. Se aleja y va a buscar más ensalada.

Cuando llega a la mesa con las fuentes, el señor que mató a la araña está armando su plato. Tiene dos pedazos de batata y un cuarto de tomate, elige porciones despacio, con lentitud, como si estuviese extirpándolas de algún lugar.

—Era grande esa araña —le dice Julia cuando está al lado. Él levanta la vista de los platos, la mira. Tiene los ojos de un color amarillo verdoso, llenos de agua o luz, debe haber sido un hombre hermoso en su juventud porque todavía tiene rasgos delicados, los labios finos escondidos en la barba. De lejos parecía alguien refinado, con dinero, vestido con esa ropa náutica que suelen usar los hombres así a esa edad, pero de cerca Julia puede ver que tiene el pantalón y los mocasines sucios, no huele tan bien.

—Después me arrepentí de matarla, pero estaban todos esos chicos gritando y tardaban tanto.

—Es cierto que era enorme, monstruosa.

—Más monstruoso es ser viejo —y vuelve a inspeccionar los platos.

—Entonces solo era cuestión de tener paciencia —dice Julia.

La mira de nuevo y entrecierra los ojos.

—Todo lo que tuve hasta acá fue paciencia —se señala con un dedo la cabeza— pero esta últimamente toma sus propias decisiones.

Y vuelve a concentrarse en la mesa con las fuentes, mirando la comida sin levantar nada.

Después, cuando se sienta solo junto al ventanal, un mozo se acerca y le sirve una copa de vino.

Cuando Julia vuelve a la mesa, Leslie ya cortó la llamada con Matt. Come y mira por la ventana, la oscuridad del parque y los árboles, el cielo que se ve azul oscuro más allá, detrás de las ramas.

—Bueno, querida, hace solo dos días que no nos veíamos y ya te extrañaba.

—¿Estás cómoda? —dice Julia.

—Es todo estupendo, aunque ya extraño un poco a Matt.

–Él también te debe extrañar.

–Seguro que sí, en general me precisa para vivir –se ríe.

–Se nota que la pasan bien, van a cazar y te apoya en tu escritura, ¿no?

–Me hace reír. Me gustan los hombres que me hacen reír.

Dice que cuando empezaron a estar juntos, Matt se paró de manos en el medio del río, casi se ahoga, pero fue una apuesta.

–Cuando discutimos, corre hasta abrazarse a un árbol, ¡es tan de Tauro!

Cuando entra a su habitación, Julia se saca la ropa y se acuesta. En la cama, desde el celular, googlea: «Cataratas del Iguazú + muertes». Enseguida aparecen las noticias. Los periodistas no saben cómo llamarlo.

–Se ha vuelto una atracción para suicidas –dice uno. Y enseguida se corrige porque se da cuenta de que no puede usar la palabra atracción tan cerca de suicidas, alguien que quiere morirse no se siente atraído por un paisaje, más bien se somete a él.

En una nota citan números, cantidad de personas que eligieron las Cataratas para morir «56 en los últimos tres años, 10 lugareños y 46 turistas de diferentes partes del mundo». Los extranjeros viajan con poco equipaje, una mochila que abandonan en la habitación y al final nadie quiere abrir, cartas sobre la mesa de luz, algún mensaje capcioso al recepcionista del hotel.

La noticia más reciente está en todos los portales. Una mujer francesa usó su cartera como un culo patín para deslizarse sobre las rocas, llevan días sin encontrar sus restos. Pero hay otras más antiguas. Una pareja de recién casados que se ataron entre sí por las muñecas y saltaron. El vestido blanco de la chica apareció unos días después en la orilla brasileña. Un turista canadiense que dejó su mochila en el piso y, a la vista de todos, se tiró. Una pareja de ancianos parecía que se iban a tirar juntos, pero al final saltó él solo. La señora se quedó paralizada donde estaba y desde ahí dio las declaraciones a la policía, a los periodistas y a los demás turistas que estaban shockeados. En un video que alguien grabó, y usaron en el noticiero, se ve a un hombre joven gritándole muy cerca de la cara. La anciana lo mira, mira la cascada y después a la gente y mueve la cabeza negando, como perdida, el gesto universal de no tengo idea, no sé, o de era hora.

Julia deja el celular. Antes de apagar la luz, se observa desnuda desde arriba. La cicatriz al costado de su pierna derecha podría confundirse con la presión de una costura durante un día entero, un cable de puntos que baja como una cinta desde la cadera hasta detrás de la rodilla. Es su borde, piensa, su propio precipicio; una oración artesanal de piel y puntadas, electricidad y pena. El principio y el final del dolor.

A la mañana temprano, Leslie le golpea la puerta de la habitación.

–¡Arriba, latina! Llegó Ismael a buscarnos.

Cuando se encuentran en el vestíbulo, Leslie lleva mariposas en el pecho, azules y amarillas con alas enormes. Son tatuajes temporales, papelitos que humedece y después se imprime en la parte del cuerpo que quiere. Anoche la recibió con la serpiente, pero durante los días que compartieron en Buenos Aires usó diseños geométricos.

–¿Y qué te parece lo de ir a bailar? –dice Leslie mientras caminan hacia el auto.

–No estoy segura.

–No podés ser un misterio, querida –dice y le acaricia la espalda–. A mí me gustaría ir a bailar a algún lugar, tenemos que preguntarle a Ismael. Quiero escuchar a esos que te dije.

–¿Los Charros?

–Esos.

–Es que ya no suenan por ningún lado.

–¡Los Charros! –dice Ismael mientras le abre la puerta a Leslie. Lleva la misma boina blanca de ayer–. Creo que mi señora tenía un CD.

–Ya ves –dice Leslie.

–Tienen esa canción tan linda –dice Ismael–, la de los unicornios, ¿no?

El paisaje camino al Parque Iguazú es una ruta con casas de chapa, perros y carteles, puestitos sobre la banquina que venden animales de madera balsa en miniatura, hamacas paraguayas y frascos de conservas.

Cuando llegan, Ismael dice que volverá a buscarlas a las tres de la tarde.

–Protéjanse del sol que está fuertísimo –dice.

Hay contingentes de turistas, familias con carritos y chicos que se quieren soltar de la mano. Por todas partes caminan coatíes, se acercan a la gente, los persiguen. En las paredes de la terminal y en las columnas, sobre los troncos de los árboles y en el kiosco, cuelgan carteles que dicen NO ALIMENTE A LOS COATÍES.

–Vayan pronto a sacar la entrada que se les va el trencito –les dice Ismael y se sube al auto.

El trencito es un tren de paseo con el techo pintado de color verde y dibujos de tucanes que las lleva hasta el inicio de las pasarelas. Una vez que bajan, caminan en fila india con un contingente de japoneses, detrás viene un grupo de jubilados. Leslie frena cada tanto para sacar fotos y hacerse selfies.

–¡Julia, mira aquí! –le grita. Está feliz.

Después de un rato de avanzar en zig zag, llegan a la Garganta del Diablo. Un movilero con un piloto de plástico amarillo está parado en el balcón final, frente a él, otro hombre sostiene una cámara de televisión envuelta en una bolsa de nylon. Se empapan por el rocío. El movilero mira a cámara, grita por encima del ruido del agua que cae.

–Una de las maravillas del mundo y, lamentablemente, uno de los escenarios más elegidos para quitarse la vida –dice–. Hay tres cascadas desde donde más suicidios se registraron, el Salto Bozetti, el Salto Dos Hermanos, pero este, la Garganta del Diablo, es el más elegido. Treinta y cinco millones de litros de agua cayendo por segundo desde ochenta metros de altura. Y el agua es blanda, pero puede partir la piedra.

Julia presta atención a lo que dice el movilero, pero Leslie está distraída. Le pide a una señora que les saque una foto. Abraza a Julia por detrás, las dos sonríen. Después, vuelven caminando por las pasarelas y se sientan debajo de un ceibo de ramas bajas, un techo perfecto para esta hora del mediodía. Tres coatíes las miran muy de cerca.

–Lo que daría por llevarme uno a mi casa –dice Leslie–. Esas colas paradas como antenas, cuelgan del cielo.

Los coatíes se suben a las mesas, se roban la comida, esperan la distracción y se llevan bolsas, hasta se muestran amistosos y se cruzan en las fotos.

–Qué calor hace, dios. Sostenme acá –dice Leslie, y se apoya sobre el brazo un papelito con una estrella.

–¿Tenés tatuajes definitivos? –dice Julia.

–No, Matt me llevó una vez con un amigo suyo en Dallas, quería que nos tatuáramos nuestros nombres, pero no soporté el dolor. ¿Tú?

–Tampoco.

–No toleras el dolor, ¿no?

Julia piensa en su cicatriz, la firma de tres operaciones hechas hace muchos años, cuando ese auto se la aplastó, se fracturó el fémur y casi pierde la pierna. Era 1994, tenía diecisiete y todavía vivía en su pueblo. Era enero, y habían salido con Gero del boliche frente a la laguna antes de que amaneciera.

Gero usaba una remera negra que decía Nirvana y los ojos y las uñas pintadas de negro. Julia se sentó en el manubrio de su bicicleta y él pedaleó por la costanera. De a ratos, se dejaba caer, usaba el pecho de él como respaldo, y él dejaba su cara y su corazón cerca. Se sentía sobre un caballo, un animal desatado a quien le importaba, pero capaz de descuidarla. El amor le daba miedo y demasiada felicidad. Podía ser la velocidad. Cuando Gero se paró sobre los pedales para acelerar, ella volvió a incorporarse y cerró los ojos para que él viera que confiaba. Ninguno lo vio venir y cruzar la esquina a toda velocidad.

Julia quedó abajo del auto y Gero salió despedido por el aire. Lo vio caer más adelante, una flecha que alguien tira con poca experiencia. Murió camino al hospital y Julia estuvo un año entero acostada en su cama con la pierna en alto. Después de cada operación, volvía a su casa y la inmovilizaban. La madre la limpiaba como a un bebé.

Durante todo el verano, sus amigas le llevaban casetes y revistas, se sentaban en el marco de la ventana de su cuarto que daba a la calle y pasaban la tarde ahí. Ella adentro, acostada, sus amigas entrando y saliendo por la ventana, fumaban, tomaban mate. Después empezaron las clases y la iban a ver a la tarde, hacían la tarea alrededor y la ponían al día.

Todavía guarda las fotos y las cartas de ese año, sobres ilustrados con sus papeles combinados, calcomanías de los lugares a los que sus amigas se fueron de vacaciones, San Bernardo (y el dibujo de un skate), Villa Gesell (y al lado una tabla de surf), una había conocido Miami y le trajo un Kenzo D'Ete. Una foto de ella tomando helado, la pierna enyesada del tamaño de una heladera, todas las chicas rodeándola. Dibujos de árboles con cara, soles muy grandes con sonrisas, osos de peluche con corazones en la mano, no arrancados, sangrando, como un sacrificio, sino corazones de almohadón, conejos con mensajes en la panza. Frases escritas con colores fluorescentes TE EXTRAÑAMOS, MEJORES AMIGAS 4EVER. Tarjetas de boliches y tarjetas de feliz navidad, ¡FELIZ 1995!; ¡llegó el futuro! A veces alguna venía a contarle algo y terminaba llorando.

–Soy una tarada, perdoname.

Pero igual lo hacían. Lloraban por chicos y por las peleas con sus padres, se olvidaban de que ella estaba ahí y discutían por algo que había pasado la noche anterior en el boliche, se gritaban cosas entre ellas. Era un alivio. El dolor podía tener otras formas, menos quirúrgicas, más teatrales.

Los padres de Gero fueron a visitarla, se quedaron parados al pie de la cama. La madre se sentó y le acarició la pierna, tenía lágrimas en los ojos.

–Tenés para un buen tiempo acá, pero vas a estar bien, vas a ver. Tenés toda la vida por delante.

Un día le sacaron el yeso, otro día se sentó y empezó a hacer los ejercicios para volver a mover la pierna. Durante meses, caminó por la casa arrastrándola como a un botín. Un año y medio después, dejó al fin las muletas y, de a poco, volvió a caminar sola. Fue como si no hubiera pasado nada, la gente se olvidó. Casi nadie mencionaba el accidente, ni a Gero. Cuando usaba algo corto, alguien reparaba en su cicatriz, no mucho más.

En las reuniones de pizzas y cervezas, cuando todos se sentaban en ronda al costado de la laguna, o cuando iban a bailar, ella se quedaba sentada sin prestar atención. Todo tenía sentido para sus amigas, la noche, la música, fumar, salir a probar una moto, las peleas, las reconciliaciones, un jean nuevo de marca. Volver del boliche caminando y que alguien te acompañe hasta tu casa. Pero su mente volvía a Gero y a esa cama, todo ese tiempo acostada, como si una parte de ella hubiera quedado ahí, rodeada de amigas, de incomodidad y de atención. A veces, una sale y se aleja de un lugar, pero solo se aleja el cuerpo, leyó más tarde.

Después, se fue del pueblo, empezó una carrera y la abandonó, dejó pasar un novio, dos, cuatro. Aprendió un oficio, se agarró con fuerza a su trabajo. Se podía ser la trama oculta de las historias ajenas, la que limpia, emparcha y recuerda las reglas. Todo a escondidas. Si su trabajo parece obra del resto, está bien hecho.

Ven aparecer nubes negras. Leslie dice que va a llamar a Ismael para que venga a buscarlas. Se aleja y habla, espanta a un coatí que le quiere robar el paquete de galletitas.

Cuando vuelve abajo del ceibo, Julia le pasa una botellita con agua.

–En quince minutos llega Ismael –dice Leslie y le convida el paquete.

–¿De dónde sacas las historias? –le pregunta Julia.

–Por ejemplo –dice Leslie. Y señala a una pareja de chicas que se besan en otro banco bajo un ceibo mucho más grande. Se acarician el pelo, la mano de una sobre la pierna de la otra, sube, baja, mete los dedos en el pliegue del jean.

–Parecemos dos viejas cazadoras, al acecho –dice Leslie y se ríe–. O más bien parecemos uno de esos pájaros que bajan después de que todos se fueron y se comen los restos.

–Podríamos ir presas –dice Julia.

–Ni nos ven, están perdidas en el fuego –dice Leslie–, son demasiado jóvenes.

Julia piensa que ella también podría ser alguno de esos animales de rapiña, llega cuando terminaron de escribir, se lleva cosas, se regocija en el desastre, les cuenta las plumas, se come el centro caliente del error, lo devuelve limpio.

–¿Nunca escribiste algo autobiográfico?

–Jamás, mi vida no es interesante.

Una vez, en un mail, Julia le contó a Leslie lo del accidente, el verano, Gero, la bicicleta volando por el aire, su vida en cama durante un año. Leslie usó el accidente en su siguiente novela y escribió que la protagonista era rescatada por un médico millonario, que le salvaba la pierna, pero además la salvaba a ella y a toda su familia. Al novio muerto, le dijo, tenía planeado hacerlo aparecer más adelante, en unas novelas futuristas que había pensado para cuando se cansara de esta realidad. Nueva York, pero en el siglo XXIII, con soldados que pueden viajar en el tiempo a voluntad. Uno se pierde por ahí, en el éter, o algo así, y se enamora de una policía del espacio.

Lo que Julia nunca le contó a Leslie es su intento de suicidio. Una noche oscura de la mente, un subidón, el silencio. No hubo proezas físicas ni paisajes majestuosos, solo pastillas en la mesa de luz, un lavaje de estómago, una discusión más tarde con sus padres, la forma hospitalaria de pedir ayuda.

Cuando vuelven al hotel, ya está lloviendo fuerte, hay un viento que parece va a acostar los árboles. Se despiden en el vestíbulo y cada una sale corriendo a su habitación, atravesando el jardín central.

Julia se acuesta en la cama. Cierra los ojos. Todavía es de noche y Gero y ella van bordeando la laguna, el viento es pesado, tibio. Avanzan, avanzan, no hablan. Pasan el campo de polo y siguen. Cruzan el puente, bordean el camino de eucaliptos que es oscuro y huele frío. Pasan las luces del albergue, los dos puestitos que venden leña, cigarrillos y carnada, y doblan. Entran por una calle de tierra y siguen. Está solo el cielo haciendo algo increíble con la luz, un juego tecnicolor de despedida al sol, fucsia en el horizonte y muy negro arriba de ellos. Gero frena y se bajan, apenas se ven.

Se sientan cerca de un auto oxidado y abandonado. En unos postes más allá, hay carteles de colores, afiches que anuncian que en Cañuelas tocan Los Brujos, latas de cerveza, basura. Todo en él es perfecto, su perfume, su boca, sus dientes separados, sus ojos. Se sacan la ropa, se ríen. Se acuesta en el pasto. Cuando él está encima de ella le dice que si le duele le avise, que él frena.

Después de un par de horas deja de llover y el sol quema de nuevo. El aire está quieto, todo detenido, como una persona que amanece aliviada después de una noche de dolor. Leslie le manda un mensaje y le dice que la espera en la pileta. Cuando llega, Leslie está en el agua.

La gente sale de sus habitaciones y ocupan el resto de las reposeras. Un grupo de maestras jubiladas, un matrimonio con dos mellizos de cuatro o cinco años, otra pareja con un bebé y el señor de la araña con anteojos de sol lee un libro forrado en papel de diario, algo que alguna vez le vio hacer a su padre para que nadie supiera qué leía, una costumbre de otra época, más paranoica y menos exhibicionista.

No podría decir qué dicen, pero llegan pedazos de conversación, el gorrito del nene, cuidado, agarralo, no seas caradura, para mí ensalada de fruta, preguntale si tiene bien fría, boludo, qué calor, llamá a mamá. Leslie mira a los mellizos jugar en el agua. Se agarran del borde y se sueltan para nadar hasta una colchoneta rosa que flota en el medio.

—Me gustaría que mi próxima novela transcurra en un lugar así. Un lugar familiar y de pronto, él la ve, una mujer que viaja sola conoce a un hombre que viaja solo —le dice Leslie desde la pileta.

—¿Por qué viajan solos?

—Por negocios, por trabajo, para visitar clientes.

—¿A las cataratas?

—Puede ser un hombre que trabaja en el hotel. Un viudo con el corazón roto que cree que ya no va a volver a amar. Ella le apuesta dinero a que antes de que termine la estadía él se habrá enamorado. Y entonces él se enamora y le cambia la vida, ella lo salva y también se salva a sí misma porque él es millonario y se van a vivir a una casa de campo, al sur de Francia.

—Pero entonces no puede trabajar en el hotel... Debería ser el dueño del hotel.

—Eso es un detalle.

—¿Qué hacían en las Cataratas del Iguazú?

—No tiene que transcurrir exactamente en este hotel.

Leslie acaba de publicar una novela con un argumento casi idéntico. *Te dije que volvería* es la historia de un hombre que conoce a una mujer en un supermercado porque ella es la cajera y es pobre y está triste y él la invita un fin de semana de campo. Lo que ella no sabe es que él está enfermo y va a morir, pero el amor lo cura y comienza el sexo con látigos.

Leslie sale de la pileta, y agarra su toalla.

—A la gente le gusta leer que el amor salva, al menos es una buena frase. —Se sienta en la reposera de Julia y le da la espalda— ¿Puedes ponerme crema acá en el medio?, y sobre todo en el cuello. —Le pasa el protector solar y la mira sobre el hombro para señalar por dónde.

Julia se pone crema en la mano y se la esparce por la espalda. Tiene la piel suave, tersa en la espalda. Se nota que bajó mucho de peso porque un poco de piel le cuelga debajo de los brazos.

—Tal vez podría haber una escena así, ellos están en un lago, y antes de que pase nada, él le pide a ella que le ponga crema solar.

Uno de los mellizos en la pileta llora, grita agarrado del borde porque el otro se alejó y no vuelve a buscarlo. El otro nada hasta unas cascadita artificial que hay en el centro de la pileta y se trepa. La madre desde su reposera empieza a gritarle.

| 63 |

–Bajate de ahí, Lauti, ¡bajá de ahí ya mismo!

Pero el nene finge demencia y desde arriba se tira. Sale a flote casi enseguida, a metros de la cascada, como si la presión del agua lo hubiera arremolinado.

Julia siempre pensó que morir ahogada puede ser desesperante. Hasta que una vez leyó que la falta de oxígeno te adormece, tu cuerpo se suelta, se entrega y el placer de no resistirse se va con uno.

–Voy a buscar algo para tomar, ahora vengo –dice Julia y se aleja.

Cuando vuelve, Leslie está hablando con el señor que mató a la araña, le está contando que es escritora, se refiere a Julia como su agente, le dice que está atravesando un mal momento y la trajo para distraerla. La escucha, no se mete. Al rato él se para, le dice que está encantado de haber conversado con ella y le besa la mano. La mira a Julia y saluda con la cabeza. Se aleja con su libro debajo del brazo y se pierde entre los árboles.

–Le dije eso para sembrar drama, tenía esa cara de viejito malherido que me enterneció.

Esta noche, Leslie queda en comer con el señor. Se sientan en una mesa junto al ventanal, de a ratos las ramas de los lapachos golpean los vidrios, hay una brisa espesa, tibia, dijeron que carga lluvia de nuevo. Julia se sienta en la barra, en la otra punta del salón. No los saluda cuando entra y ellos ni la ven. O quizás Leslie sí, pero se mantiene concentrada en la conversación. Desde la barra los ve pedir la comida y al mozo alejarse. No tener que hablar mientras come, piensa, qué alivio.

Cuando está en su casa, quisiera alejarse, y cuando está lejos, solo piensa en volver a estar entre sus cosas. Al final, casi siempre algo se lleva. Una forma de untar la tostada, una costumbre nueva por la mañana que consigue sostener unas semanas, una forma de doblar las toallas, o de hacer la cama. O una foto en la mente de una tarde amarilla, un pájaro azulado de tan negro, una cosa que alguien tiene y a ella no le pertenece pero que podría llegar a conseguir si lo desea lo suficiente, o si se viste como se viste la gente que lo tiene. A veces, también, solo vuelve a casa agotada, llena de desilusión.

Él le corre la silla a Leslie y ella se para, cuando quiere ponerle la mano sobre la espalda, Leslie justo se aleja. Es curioso, todo lo que en sus novelas pasa mágicamente, en la vida se traba. Después, salen a la noche.

En la cama, Julia ve una película sobre el desierto de Atacama. Sabe que es importante darle a la mente oposición. Cuando una no tiene sexo, leyó en un libro que corrigió, hay que hacer cambios bruscos de temperatura para que sienta algo. Una forma de roce.

Después, apaga la luz y, antes de dormirse, lo imagina. Levanta una pierna y pasa al otro lado de las barandas, se suelta, cae. Si no muere por el golpe contra alguna roca grande de arriba, la succiona la presión del agua, se ahoga mientras se golpea contra las piedras. O se desvanece antes.

A la mañana, Leslie no le toca la puerta para ir a desayunar, quizás esté con el señor. Pero cuando baja la encuentra en el comedor, está sola con una taza de café y frutas.

—Querida, te pido que por favor lo de anoche quede entre nosotras, ¿puede ser? —le dice Leslie en cuanto Julia se sienta.

—Claro. Soy una tumba.

–Te agradezco la discreción.

–¿Cómo la pasaste? ¿Salieron a pasear?

–Me pareció interesante, aunque tan deprimido… Es viudo, los viudos son personas a medias. Dijo que le gusta leer, empezamos hablando de novelas sobre la caída del imperio austrohúngaro.

–¿Y después?

–Nada, se despidió enseguida, me acompañó hasta mi habitación y me regaló el libro que estaba leyendo.

–¿Qué leía?

–¿Quiroga, puede ser? Unos cuentos de locura y de muerte. Yo no leo cuentos, después te lo doy.

–¿Por qué te lo regaló?

–Dijo que ya lo había terminado.

–¿Van a desayunar juntos?

–No, me dijo que hoy se tenía que despertar muy temprano porque había agendado la visita a las cataratas en el primer turno.

Para hoy Julia y Leslie tienen una excursión al Parque das aves. Cuando suben al auto, Ismael dice que encontró el CD de Los Charros.

–Busqué entre las cosas que dejaron mis hijos y acá está, como nuevo.

Pone la canción. Amores como el nuestro quedan ya muy pocos, del cielo caen estrellas sin oír deseos, aquí no interesan ya los sentimientos, como los unicornios, van desapareciendo. Leslie está excitada, baja la ventanilla. Mueve la cabeza. Un amor como el nuestro, no debe morir jamás.

–Tiene una falla –dice Julia.

—¿Qué cosa tiene una falla?

—La letra.

—¿Cómo? —dice Ismael.

—Los unicornios no existen, no pueden desaparecer. Deberían haber usado algún tipo de animal en peligro de extinción —dice Julia.

—Ah, querida, entrégate a la poesía —dice Leslie—, ¡es una letra excepcional!

—Pero claro, señora, es una forma de decir —Ismael abre su ventanilla.

—¿De decir qué?

—Que no pasa nunca —dice Ismael.

—Por eso, está mal, a veces pasa.

—Claro, un unicornio —dice Leslie.

El auto avanza, hace calor, las mujeres llevan las ventanillas bajas y entra la brisa espesa de un día que se avecina caluroso. Ismael les dice que menos mal que fueron ayer a las cataratas porque esta mañana muy temprano un hombre saltó en la Garganta del Diablo y ahora las pasarelas estarán cerradas hasta que encuentren los restos.

—Pero de aquí a que encuentren algo… Ustedes ya van a estar en sus casas que acá van a seguir buscando.

Leslie le pide a Ismael que suba un poco más el volumen, mueve la cabeza y comienza a darle pequeños golpecitos a la pierna de Julia siguiendo el ritmo. Julia mira al interior de la selva, es oscura, aunque haya sol.

Temporada de cenizas

Una bolsa cerrada al vacío, guardada dentro de una urna de cerámica. Algo sobrio por fuera, de color blanco, con un nombre grabado en la tapa y adentro mi mamá.

En el único hotel sobre la playa, nos dieron una habitación frente al mar. Nadia abrió las cortinas, miró el cielo gris humo y dijo que iba a ser imposible tirar las cenizas ahora, que tenemos que dejar pasar estos días de viento porque vamos a hacer un enchastre. Lo vio en una película, el tipo queda bañado por el talco que es su amigo.

–El problema no es la ropa, porque te sacudís –dijo–, sino las que nos pueden entrar por la boca, las que se respiran sin querer, o se pegan al pelo.

Así que guardamos la cajita en la caja fuerte que está en el placard.

–Dictame cuatro números que no te olvides –me gritó con la cabeza adentro del mueble.

–1941, el año que nació –le dije. Y cuando se la pasé volví a escuchar toc. Toc toc. Igual que durante todo el viaje en micro.

–¿Qué hay adentro que golpea? –me preguntó.

Desde el cementerio a mi casa y después, durante todo el viaje hasta acá, sentí ese toc toc en la cartera. Podrían ser mis llaves golpeando contra la caja, pero no. El sonido viene de adentro, algo que con el vaivén hace toc. Toc toc.

El señor que me entregó la urna me dijo que el nombre en la tapa está grabado a mano, que aprecie el trabajo artesanal en la panza de la be larga, las colas de zorro de las zetas y en el rulo arbitrario de la patita de una erre.

–Licencias del tallador, ¿vio qué bien hecho? –y me entregó un comprobante de pago escrito a mano.

El local está frente al cementerio de Lomas de Zamora donde mi mamá estuvo enterrada un año, pero decidí levantarla. Exhumar, que es, básicamente, sacar el cajón de la tierra y, en este caso, cremarlo.

–Hizo bien, ¿usted vio lo que es ese lugar? A veces una bailanta, a veces una feria, el otro día velaron a uno y terminaron a los tiros.

–¿Y cómo sé que me dieron las cenizas de mi mamá y no las de cualquiera?

–Qué quiere que le diga. No le queda otra que confiar.

Sobre la cajita, en itálica y con mayúsculas caligráficas, se lee su nombre: Beatriz Elisa Sánchez, nunca lo usó completo porque esquivaba el segundo nombre.

–Es feo, me da vergüenza –me decía–. Si yo hubiera sido actriz, me habrían pedido que me lo cambie.

Pero primero sobre su ataúd, esa tarde de fines de agosto cuando la velamos y el sol golpeaba tibio y seco sobre el cajón lustroso, y ahora sobre esta cajita, su nombre está completo. Nadie me preguntó si eso estaba bien, nadie consulta estas cosas. Y por estas cenizas es que con mi media hermana Nadia vinimos a Mar del Sur, una playa de viento y fantasmas, arena gris, gaviotas que en esta época conversan entre ellas antes de volar hasta el próximo año.

Pedí unos días en el trabajo y Nadia se ofreció a acompañarme. Da clases de yoga y de español para extranjeros y estudia para ser coach que es, según me explicó, una persona que te hace recapacitar preguntando. Podría decir que tirar las cenizas al mar fue un pedido de mi mamá, uno que me hizo justo antes de morir o algo que dijo muchos años antes al pasar, lavando los platos, cuando escuchamos al protagonista de una novela de la noche pedir que le cumplan ese último deseo. Después había habido un corte hecho con música dramática e imágenes lentas y se veía eso, a su mujer y a sus hijos soltando desde un acantilado un polvo blanco mortificado al cielo.

—Yo quisiera lo mismo, el día que me muera me llevás al mar.

Y yo guardé el dato. Aunque no sé si ella alguna vez dijo eso.

—Te lo inventaste para venir a la playa —dice Nadia. Está sentada con las piernas estiradas, hunde las manos en la arena.

Cuando Nadia nació, yo tenía trece años. Papá me llevó a la clínica donde había parido Luisa, su nueva novia, y me sentaron en un sillón. Me la pusieron en brazos, envuelta como un paquetito. ¿Qué era esa cosita que llegaba de pronto como si todo estuviera bien, como si hubiera lugar para alguien más? Papá había dejado a mamá dos años antes por Luisa, y desde entonces mi mamá vivía enferma.

Luisa era una perfecta extraña, enamorada loca de él como si fuese un hallazgo.

Pasó el tiempo y Nadia se hizo humana y graciosa, alguien que me miraba con admiración. Se convirtió en mi mejor plan. Y con los años papá dejó de prestarles atención también a ellas y entre todas hicimos nuestra propia familia, una trenza de mujeres emparentadas por un hombre.

Mi mamá y Luisa estaban llenas de opiniones, estribillos de la tarde que sonaban en canon.

–¡Este tipo es de no creer!, escuchá la nueva de tu marido –le decía Luisa a mamá.

–Esas son las ideas locas de tu padre.

Tu padre, tu padre, ¡tu paaadre! El amén de todas sus plegarias porque eran sus devotas.

–¡Dónde guarda este hombre el corazón! –gritaba mamá.

Pensé que se trataba de algún objeto de valor, un cofre o un amuleto que había escondido y que nosotras podíamos encontrar si buscábamos bien. No se había llevado todas sus cosas, en el placard todavía colgaban corbatas y, cada vez que abríamos un cajón, aparecía un pañuelo suyo.

Los días que vivía con ellos, Luisa me servía la leche y me hacía sentar sobre la alfombra del living, algo impensado en la mía donde todo lo comíamos sobre la mesa, jamás en la cama, mucho menos en el piso. Luisa tenía sus propias reglas, una danza lenta en la que reinaban las sorpresas, era despreocupada y desprolija y se movía dejando todo sin guardar. Me parecía que no sabía ser madre. Que ser madre era una forma de ser que solo mi mamá entendía bien.

Papá hablaba poco, siempre distraído por la plata. A veces, llegaba de trabajar y con su manera medio aguada nos consentía. Alquilaba una película que veíamos todos juntos en la cama. Pero es cierto que el tiempo que pasé a solas con él fue simple, silencioso, sin tragedia.

Hace unos años, murió. Frenó en un semáforo de la avenida Espora y nunca más arrancó. Los autos que venían atrás empezaron a tocar bocina, y al rato ya se había formado una fila de dos cuadras. Una mujer se bajó a ver qué pasaba. Cuando llegaron los de la ambulancia dijeron que tenía la cabeza apenas inclinada hacia el costado y que estaba «perfectamente muerto». Abrieron la puerta y descubrieron que estaba manejando descalzo. Había dejado sus mocasines, uno junto al otro, debajo del asiento del acompañante.

—Nunca vi a un hombre tan impecable —dijo la mujer que lo vio primero. Mamá dijo que hasta muerto seguía cosechando lo que quería.

En su velorio Luisa lloró, pero no tanto. Desde hacía varios años ya estaba con otra mujer más joven que Luisa que también estaba ahí esa noche. Se sentó en un rincón con el rímel corrido. Mamá llegó fumando, con un tapado de piel color blanco. Saludó a Luisa y se sentaron juntas en un sillón del centro. Cuando la chica del rímel corrido empezó a llorar con espasmos, mamá la invitó amablemente a salir a tomar aire afuera para calmarse. Fumaron juntas en la vereda y al rato la chica se fue.

—¿Qué le dijiste? —le pregunté.

—Le di poesía y consuelo, y una patada en el culo para que se ubicara.

Hay gente más allá, lugareños, de vez en cuando vemos a alguna pareja, escapadas de fin de semana. Llegan los sábados a la mañana, nos contó el recepcionista del hotel y a la noche se van a comer a Miramar. Temprano, tres hombres entraron al mar en una lancha y se alejaron con redes. Dos mujeres con calzas deportivas y buzos blancos pasaron al trote por donde la arena está húmeda y es firme. Se alejaron hacia el norte y hace un rato las vimos venir de frente.

Desde acá vemos a dos chicos que pescan todas las mañanas. Lo hacen desde la orilla que en verano siempre está repleta de reposeras, pero ahora está desierta. Tiran las cañas mar adentro, las olas se las devuelven y así llevan horas, las mismas que nosotras pasamos mirándolos mientras hablamos y tomamos el último sol tibio de abril. Deben tener la misma edad de Nadia, seguro menos de treinta. Los siguen dos perros lanudos que se acuestan al lado de los baldes y miran con la lengua afuera al horizonte, esperan un desembarco, muy sucios, llenos de arena.

Nadia lleva un pullover amarillo que yo le había comprado a mamá para su último cumpleaños. Después de que murió, separé su ropa en tandas, varias bolsas para la enfermera, algunas cosas para Nadia y yo me quedé con una campera. No era una que la hubiera acompañado toda la vida, más bien fue una moda del final, esas camperas de nylon que frenan el frío y la lluvia que alguien vio en otro país, las trajo y se volvieron una epidemia. Podía identificarla desde lejos por ese azul eléctrico brillando al sol, su uniforme final.

Un día la levanté en brazos para subirla al auto, la llevé a hacerse una tomografía. Estaba flaquísima y tenía puesta la campera. La abracé por debajo de los brazos y la pasé de la silla de ruedas al auto. Estábamos agitadas.

–Tranquila, ma, ya estamos. Te bajo el cierre porque estás acalorada, ¿está bien? –y ella asintió.

Se había convertido en una marioneta grande y desganada, con gestos delicados y sin sentido, hecha de circuitos acartonados que se deterioraban a toda velocidad. La paseé por calles que no hacía falta haber tomado. Quería que recorriera su barrio, ver si reconocía. En cambio, se miraba las manos, les hacía muecas, las giraba como si fueran cosas que le habían crecido de golpe.

—¿Qué hacés? —le pregunté.

Pero ella ya no entendía nada literal, se había vuelto una poeta.

—Me busco —susurró.

La vejez también era esto, entendí esa vez, no solo labios que se afinan o un cuello que se agrieta, sino extrañeza pura. Tu verdadero cuerpo guardado adentro de otro cuerpo guardado adentro de otro cuerpo y tu alma al final de todo, chiquita, sin futuro, un pedacito entumecido.

Después de que murió, empecé a usar esa campera azul y la primera vez que Nadia me vio se sobresaltó.

—¿La de tu mamá? —me dijo—. ¿No te da impresión ponerte justo esa, la que usó en su peor etapa?

Era curioso que hablara de etapas, porque yo la conocí durante cuarenta años y sé muy bien de etapas. Tengo en mi mente los límites de cada una. Un año que no es otro año y que no podría ser el siguiente: antes de que papá se fuera y después. Cuando se curó y cuando se volvió a enfermar. Un tiempo de tregua y la vejez, el deterioro a toda velocidad.

Nadia vino a visitarla. La vio envejecer y achicarse, dejar de caminar y de comer, convertirse en un ratoncito, y se escandalizó como suelen escandalizarse los que orbitan con distancia. Sin embargo, esos días finales, los que te llevan irremediablemente hacia la muerte, pueden ser los días más amables de la vida. La hora de mirar al cielo y hacer la plancha. Mamá dejó de comer, le desapareció

la voz, sonreía sin razón, y una tarde tibia y soleada entró
salvador el ángel negro morfina.

Nadia me señala hacia la orilla, un bulto rodeado de
golondrinas. Bajan en picada, trinan, lo apuñalan con el
pico y después se pelean entre ellas por un pedacito. Se
para y va a mirar, las gaviotas no se alejan. El pelo le cae
vaporoso por la espalda, enrulado y castaño. Se saca el
pullover y se lo ata en la cintura. Los chicos que pescan en
la orilla la miran, puedo verlos desde acá y predecir toda la
mímica de animales en celo.

—Un lobo de mar muerto —dice cuando vuelve y se
acuesta de nuevo en la arena—. Las gaviotas le arrancaron
los ojos y ahora se están comiendo las tripas.

Uno de los chicos se acerca y un perro lanudo lo sigue.

—Hola, chicas, ¿fuego?

—No tenemos —dice Nadia.

—Qué lástima, les queremos convidar unas flores.

Es morocho y tiene las pestañas largas y tupidas, las
cejas gruesas, la nariz aguileña y la piel de ese color tos-
tado de alguien que vive en la playa todo el año, seca y
manchada, un poco arrugada, aunque es muy joven, los
dientes, perlitas sucias.

—¿Quieren venir adonde está mi amigo? No podemos
soltar las cañas —y se ríe.

Un hombre hermoso que se ríe es un drama, el anzuelo
fatal. Mamá decía que cuando conoció a papá la mente
se le había puesto en blanco. Él la había sacado a bailar y
después la había acompañado caminando hasta su casa.
Había sonreído todo el tiempo, como el conductor de un
programa, y ella pensó que en esa sonrisa y esa belleza

había una plenitud que no merecía del todo, pero parecía una oportunidad.

–Yo soy Bruno y ese de allá es Marcos.

El que está en la orilla tiene rastas largas y rubias, arma un cigarrillo sobre las rodillas. Los dos llevan pantalones anchos, con cadenitas colgando de los bolsillos. Bruno tiene el pelo rapado a los costados y en la nuca, y un aro grande que le estira el lóbulo de la oreja.

–Bueno, dale –dice Nadia.

Caminamos y cuando nos ve llegar, se para. Me siento junto a otras cañas que tienen acomodadas sobre la arena. Nadia les pregunta si vieron el lobo de mar. Se aleja y el de las rastas le sigue. Bruno se sienta al lado mío, me pregunta si Nadia y yo somos amigas.

–Somos hermanas –abrevio, evito la historia, las vísceras del pescado.

–Ah, no se parecen ni ahí.

–Le llevo doce años, debe ser eso.

–Ahí va, ¿la viniste a cuidar? –y sonríe de nuevo.

Hay viento y si nos quedamos quietos el sol no calienta, cada tanto se tapa por unas nubes lentas que son un suplicio. Agarra una toalla grande con la que nos cubrimos las piernas.

Me cuenta que sobre el horizonte apareció un destello verde, un efecto que solo se ve de vez en cuando, que por las dudas esté atenta. Siento un tirón en la cintura, un dolor metálico y blanco que arrastro desde hace un año y me quedó de levantar a mi mamá en brazos.

Nadia y el de rastas se sentaron en la orilla. Él prendió el cigarrillo con algo y se lo pasa, fuman, se ríen.

–Hace frío ahora –me dice Bruno–. A vos te salva esa campera, buen azul eh.

Los años previos a su muerte, pasé días lavando su cuerpo, cambiando pañales y curando escaras que se formaban en la parte baja de la espalda. Había que limpiar el pus y la mierda que a veces subía del pañal durante la noche. Todo era tensión y apuro, trataba de limpiar rápido, liberar la herida de bacterias, potenciales problemas más grandes que ese. Los fines de semana, cuando volvía a mi casa, estaba cansada, o algo más ácido. Se parecía a haberme asustado.

–Una madre vieja es un hijo a contramano –me dijo Nadia–, una inversión que solo involuciona. Ya va a volver la vida, la vida insiste.

Al final, ella me ayudó a vestirla para ponerla en el cajón. Le sostuvo la cabeza ladrillo mientras yo le puse un pullover que había elegido para eso, pasé las mangas por esos pesados brazos casi piernas y después el pantalón. Y al final, los dos señores que llegaron de la funeraria la levantaron bastante alto para pasarla a la camilla. Uno la sostuvo desde abajo de los hombros y el otro la agarró de las piernas. Después nos pidieron una sábana y la taparon por completo.

–¿De qué la esconderán? –preguntó Nadia.

Mientras se la llevaban, pensé en las escaras, en el esfuerzo por cuidar esas heridas húmedas que era imposible secar, en el dolor que le provocaban y en esa tarde en que la sostuve de un lado y la enfermera la curaba y me enseñó cómo hacerlo cuando estuviera sola. La giramos apenas de costado y ella me miró, un animal sin voz, los ojos llenos de agua. Me miró fijo y muy adentro, como si yo ya no fuera yo. Por unos segundos ese dolor también fue mi dolor.

Con su muerte, esas heridas se iban. Nadie se fijó si la apoyaban fuerte contra la camilla, si la raspaban. Cuánto esmero había puesto yo ahí y ahora se la llevaban. Nadia abrió la ventana y dijo que había que ventilar. Miré el cielo limpio, una tarde de sábado radiante.

Junté las cosas de la cómoda, los algodones y las gasas, el agua oxigenada, la cinta adhesiva y unos parches para escaras que había comprado por recomendación de la enfermera, un spray que le plastificaba la piel para impedir nuevas heridas, las cajas de pastillas y las jeringas, guardé todo en un cajón. No deben haber entendido nada. Tanto tiempo formando esa ciudad sobre la cómoda, edificios de cajas y cajitas, objetos puntiagudos y cruciales, ahora se iban, descubierta su inutilidad, a la tumba de las cosas inútiles.

Cayó el sol y se levantó un viento frío. Marcos y Nadia se acercan y dicen que vayamos a caminar. Bruno junta las cañas y los baldes con los pescados y entre los dos los llevan a una camioneta que tienen estacionada cerca de las dunas.

Después los cuatro caminamos por la costa con el viento de frente y cerramos los ojos, casi no podemos hablar, con Nadia nos damos la mano, agarramos caracoles. El frío húmedo nos moja las palmas de las manos y nos infla el pelo.

–Si quieren esta noche podemos ir a tomar algo –dice Marcos que ahora tiene las rastas enroscadas adentro un gorro de lana.

Después nos despedimos y ellos suben a la camioneta. Volvemos corriendo al hotel y nos metemos adentro como si lloviera, aunque no llueve.

—Es solo viento, lluvia de viento —dice Nadia y le pregunta al recepcionista dónde podemos ir a comer algo.

—No hay mucho, prueben en el Club del Progreso.

Mientras comemos, Nadia dice que Marcos le encanta y que Bruno me mira con ganas. Que ella vio cómo me hablaba. Que es verdad que le llevo varios años, pero que eso me preocupa solo a mí, que las edades ya no importan.

—Vos tendrías que usar el huevo de obsidiana como usan mis amigas —dice.

—Lo usaba mi mamá, ¿no es peligroso?

—Podés meterte cualquier cosa ahí, mirá que no vas a poder meterte una piedra. Además, tiene poderes, es protectora.

—Pero te puede lastimar.

—¿No me decís que tu mamá la usaba? Ella fue una rompebolas de avanzada. Conseguite una —dice.

El bar se llama El Rey Lagarto y el dueño es un amigo de ellos. Tiene botellas antiguas sobre los marcos de las ventanas, cientos de latitas vacías, posavasos de todos los colores pegados en las columnas, posters de Jimi Hendrix y Jim Morrison, Luca Prodan, Bob Dylan y una bandera argentina en el techo con las islas Malvinas pintadas en el centro. Nadia me contó que el otro día, mirando una bandera así, un alumno francés le preguntó si no le parecían manchas de Rorschach.

—Es lo que hay —dice Marcos—, es el único que abre todo el año.

Como cualquier bar de pueblo se parece a una misa y están todos, se cruzan todas las edades y eso explica las miradas y las peleas del final, cuando un borracho levante una botella y amenace a otro con matarlo si no deja de mirarlo así. Pero antes de eso nos sentamos.

Nadia se puso una camisa roja y se delineó los ojos con una raya que le cruza el párpado casi hasta la ceja y dibujó dos puntos abajo de cada ojo, justo en el centro. Lo hizo rápido, casi sin prestar atención y le quedó perfecto.

Se sienta, egipcia, y le brillan el aro en la nariz y el de la ceja, fuma y el de rastas le pasa la mano por detrás de la silla. Bruno me invita a una cerveza y vamos a la barra. Me dice que me saque la campera, que no hace frío.

—Te queda linda la remera y el pelo así, esos aros, parecen caracoles —y con un dedo agita uno al pasar.

Me pasa una cerveza y me cuenta que, en verano, a veces hace guardias como bañero. Que no es oficialmente bañero, pero que reemplaza a un amigo al mediodía y hace turnos de urgencia. Una vez, para esta misma época, no había nadie en la playa y él estaba pescando, vio cómo un tipo se metía al mar y se iba, se iba. Se metió para sacarlo y nadó hasta donde estaba, pero cuando llegó a agarrarlo el tipo se resistió.

—Tuve que noquearlo. A veces, para que el ahogado no te hunda en la desesperación por salir lo tenés que dormir. Pero cuando en la orilla se despabiló me dijo dejame, dejame. Me pegó una trompada y ya no me acuerdo de nada.

—¿Y el tipo se fue?

—No sé si se ahogó, o se fue. Nunca lo había visto antes y cuando se lo dije a la policía me dijeron que había que esperar a que alguien denunciara la desaparición.

—Qué horrible.

—¿Cuántos años tenés?

—Cuarenta, ¿vos?

—Veintiséis.

–Qué hacés acá todo el año, ¿no te aburrís?

–Por qué me aburriría en el mar.

–No sé, sos muy joven, pienso que acá tenés menos cosas para hacer…

–¿Vos qué hacés?

Mira por encima de mi hombro y después a su celular. Al final, pienso que podría haberle dicho cualquier cosa, que soy dermatóloga, leerle las manchas que tiene en la piel y diagnosticarle melanomas. Cuando me empiezo a sentir una estúpida, me vuelve a mirar.

–Te parecés a una actriz, pero no me acuerdo el nombre.

La seducción es esta pista de marchas y contramarchas, frenadas fuertes y giros inesperados, un circuito de aprendices. Hay huecos por donde fundir la atención: eso que cuenta; tangentes delicadas por las que desviar la conversación, lianas para saltar hacia la evasión, un gesto hermoso cuando fuma y una mueca olvidable, las palabras que usa y las conjugaciones raras. Imposible no imaginarlo en la cama, hablándome en la nuca y diciendo mejores cosas, lo que diría un hombre que no existe porque vive en mi mente y está hecho de partes de todos los hombres que conocí, pero también de lo que leí y de lo vi en las películas. Un Frankenstein de caprichos y fantasías.

Bruno se levanta de golpe. Dos tipos en unas mesas al fondo del bar se empiezan a pelear y uno levanta la botella. Todos se paran y se empujan, Nadia se acerca a decirme que ella se va.

–Mejor nos vamos también –dice Bruno y me agarra de la mano.

Su casa no tiene cortinas, ni muebles de cocina, se parece a una obra en construcción. Hay tablas de surf y una foto grande de Bob Marley, una mesa ratona hecha con una madera sobre unos cajones y arriba una pipa de agua, porro y cinco vasos sucios. Un gato blanco inmaculado mira todo desde un rincón.

–Es medio arisco. Se llama Dinamita.

Se sienta conmigo en el sillón, pone las piernas sobre la mesa y enciende la pipa. Pienso que quizás una vez me senté en un restaurante siendo una adolescente y él era el bebé de la otra mesa. Ese tipo de ideas me perturba, pero supongo que no hay que poner la mente ahí antes de acostarse con alguien.

–Básicamente no hay que pensar en nada que a una la aleje del presente –me dijo Nadia una vez–, como los astronautas, siempre atados a lo que te pueda devolver a la gravedad de tu tiempo.

Pero a mí qué me importa el presente, es solo una fuerza imantada hacia el pasado que frena al futuro. Qué es el presente, a quién le importa si no existe, no dura, no cuenta una historia.

Me pasa la pipa y me dice despacio que es fuerte. Después nos besamos. Se saca el pullover y la remera. Me desabrocha el corpiño, cierra los ojos, y lo beso en el cuello, tiene la piel oscura y brillante, salada. Se sube encima y me corre la bombacha.

Nos vestimos y me acompaña hasta la puerta. Antes de salir, me pregunta qué hacemos ahí, a qué vinimos, y le cuento de las cenizas.

–Me imaginé. Acá le decimos temporada de cenizas. Por esta época viene todo el mundo a tirar los muertos.

Hace frío y no hay estrellas. Camino por una calle de tierra y unos perros salen a ladrarme, lo que me alivia. Pienso en mi mamá. Puedo escucharla diciendo que debería haberme acompañado hasta el hotel, que no debería estar caminando sola a esta hora en un lugar así.

–La ternura es cara, pero es lo único que puede salvarte; no es el amor. El amor sin ternura te deja sola, es un presente que alguien te envía a la distancia –me había dicho–. Durante mucho tiempo me sentí uno de esos chanchos oliendo en la tierra, buscaba que fueran suaves, que me vieran por dentro, buscaba la emoción. Buscaba la ternura como una posesa.

Estábamos acostadas en su cama, habíamos visto un documental sobre chanchos que huelen trufas. No estaban tan lejos de la superficie, pero a veces treinta centímetros pueden ser una vida y, aunque están ahí, uno puede no encontrarlas nunca.

Cuando entro a la habitación Nadia no está. Miro el celular, para mañana anuncian día nublado, pero sin viento. Quizás despeje y podamos tirar a mamá al mar.

Esta mañana fuimos hasta el acantilado, pensamos que mejor hacerlo con el sol naciente. Y aunque había viento, era hoy o nunca, porque para mañana va a llover y después nos volvemos. Nos abrigamos y caminamos contra el viento. Cuando abrí la cajita y saqué las cenizas, el peso me pareció insignificante. En cuanto la rompí y la levanté, se revolvió todo y un poco cayó sobre el mar, pero a casi todas las cenizas se las llevó el viento, otro tanto se nos pegó en la ropa.

—Es peor que el glitter —dijo Nadia y se sacudió la campera—, glitter gótico.

De la bolsa cayó una piedra sobre la arena. Nadia la levantó.

—¿Y esto?

—La obsidiana.

Había perdido el brillo azabache que tenía y parecía haberse achicado. Pero era la misma. La guardé en el bolsillo de la campera.

—Era esto lo que hacía ese toc toc —dijo Nadia.

Después volvimos al hotel y juntamos nuestras cosas. Nadia le escribió a Marcos y dijo que nos esperaban en la playa para despedirnos.

Ahora, Bruno camina adelante con el perro que se mete al mar y sale corriendo, vuelve a entrar y vuelve a salir corriendo. Nadia y Marcos patean caracoles, levantan piedras y las tiran al mar. Bruno viene corriendo hasta donde estoy, me da un caracol.

—A ver, lo más lejos que puedas.

Lo tiro.

—Tenés fuerza, busquemos algo más pesado —dice.

Saco la obsidiana del bolsillo.

—¿Y esa? ¿De dónde la encontraste? —me pregunta.

La miro, tibia en mi mano. No se parece a nada.

—Tirala, ¿a ver? Lo más lejos que puedas.

CASI SIEMPRE DESESPERADOS

CARGARON EL AUTO CON LOS BOLSOS y dos reposeras para la playa. Ana está sentada en el lugar del acompañante y, justo antes de arrancar, Ramiro dice ahora vengo, me olvidé una cosa. Se baja del auto. Lo ve abrir la puerta con el codo, no quiere tocar de nuevo el picaporte porque ya se puso alcohol en gel; vuelve a entrar a la casa. Tarda un rato bastante largo para haber ido a buscar algo. Cuando vuelve, y por fin arranca, a las cuadras dice:

–Dejé trampas para los ladrones.

–¿Qué tipo de trampas?

–Todos esos cubiertos de plata que eran de tu mamá. Los puse abajo de las ventanas, detrás de las puertas, si intentan abrirlas van a hacer tanto ruido que nuestros vecinos se van a dar cuenta. Si entran por la ventana, se caen sobre los cubiertos.

Doblan en San Juan y después suben a la autopista. Para cuando toman la Ruta 2, el sol del mediodía calcina el asfalto.

–Tendríamos que haber salido antes, al amanecer –dice Ramiro.

El sol alto, el día tan avanzado, no lo predispone bien. Pero si no consiguieron salir antes se debió a los múltiples y rigurosos preparativos. Por más que madruguen, que consigan vestirse rápido y cargar las cosas, a último momento, él se demora ajustando detalles. Limpia partes del auto, acomoda cosas secretas en el baúl, sube y baja de la casa, cierra puertas y llaves de gas, chequea las cámaras, guarda y esconde. Ana se pone impaciente y tirana. Discuten.

–Estuviste dos horas acomodando cositas.

–¿Y qué querés? Un día vamos a volver y nos van a ver limpiado la casa.

–Dale, Ramiro…

–Es fácil que otro lo haga.

–¿Hacer qué?

–Cuidarnos.

–¿Cuidarnos? Todo ese peligro está en tu cabeza.

–Sos una cínica. Te despertás, tomás tu cafecito, me ves trabajar por los dos y me tratás de loco.

Así cuatrocientos kilómetros.

En el último año, cambiaron dos veces la cerradura de la puerta y él contrató un seguro contra todo riesgo. Hizo instalar una cámara de seguridad en la calle y otra en la terraza. Cuando se van, pone precintos de plástico en las ventanas, deja todo ordenado con meticulosidad.

–Si alguien toca algo, me doy cuenta al toque –dice.

Cuando se desplaza entre los ambientes pisa suave el piso de madera para que no cruja, no quiere que lo escuchen los vecinos de abajo. Es una casa antigua arriba de otra casa idéntica con patio, las llaman Casas Hermanas.

—¡Saben todo lo que hacemos! —se lamenta—. ¿Por qué no suben y vivimos todos juntos, eh?

No exagera, lo perturba. Quizás se sintió poco observado siempre, piensa Ana, y ahora que enfrenta los escaloncitos pedregosos de los cuarenta toda esa invisibilidad lo hizo colapsar. Está sufriendo y no es fácil llegar hasta donde él está, aunque estén en la misma casa, aunque duerman juntos todas las noches, un día el globo de helio de su mente se fue para ese lado y no quiere volver.

En la cocina, le pide a Ana que hablen susurrando porque las voces retumban en el patio de abajo. Cuando se van, en cambio, deja las luces y la televisión encendidas para que crean que siempre hay alguien adentro. Cada mañana, y también antes de acostarse, mira las cámaras de seguridad, pone pausa si alguien se detiene cerca de la puerta para atarse los cordones.

—Podrían estar actuando, estudiando la casa, nuestros movimientos —dice a la mañana mientras bate el café con un cuchillo.

Tiene que dejarlo ser, ya va a volver. Piensa que es una etapa, un proceso hormonal, una fase que cumplirá un ciclo. A veces también piensa que es como mirar a alguien hacer piruetas en un balcón, pintoresco, pero hay que tener cuidado.

A la altura de la ciudad de Dolores, Ana se ríe en voz alta, necesita desacomodar el clima. Llevan dos horas y media de viaje sin hablarse, la radio de clásicos de fondo, por momentos entrecortada, los Bronski Beat ya sonaron tres veces.

—Qué pasa —dice Ramiro.

–Nada, me acordé de algo.

–De qué.

–Una pavada, ¿puedo cambiar la radio?

Es una estrategia casi siempre eunuca, pero insiste. A veces en la repetición aparece la magia, le enseñó él. Un chasquido para decir me acordé de algo que te quería contar, una risa de golpe para romper el hielo. Aunque, después, desplegar la conversación se convierta en una manualidad agobiante y desesperada, como cuando pusieron el empapelado en la pared del living, cada uno sosteniendo una punta de ese papel inmenso, finito y pegoteado, queriendo adherirlo sin errores.

Entonces lo mira, no había mirado para su lado desde que subieron al auto. Tiene más canas, parecen antenitas que crecen dispersas, la coronilla despoblada. ¿Le salieron todas juntas de golpe? ¿Se está quedando pelado? Le creció la papada. ¿Es él? Ella también engordó en los últimos años y él se lo hace saber cuando la agarra de la panza.

–¿Querés que charlemos?

–Intento que seamos normales –dice Ana.

–Hagamos el ejercicio de sonreír para ponernos de buen humor.

Ramiro es director de obras de teatro. Está terminando de corregir la próxima y los ensayos empiezan en veinte días. El problema es que, según él, todo está a mitad de camino. Una escena no se da la mano con la otra escena, el personaje principal, un revolucionario que está casado con una revolucionaria, pone una bomba en un supermercado y, después de escapar y esconderse un tiempo, la cita en un café para conversar sobre el futuro. No está seguro de si es ella o él quien pide el divorcio. Dice que la obra trabaja la destrucción y el amor en diferentes planos y magnitudes, y cómo las dos cosas pueden estar unidas todo el tiempo. Las últimas obras de Ramiro tratan sobre parejas que se separan. Ana lo escucha hablando solo por la casa.

—¡¿Te vas a llevar las fotos, los libros, nuestras canciones?! No sé si podré seguir viviendo.

Repite frases o grita mientras se baña, dice algo incoherente de golpe mientras cenan.

—Tengo que cuidarme. Hay un león hambriento agazapado en el living y es mi soledad.

Durante semanas, meses, le parece un extraño. Finalmente, cuando una noche la obra al fin se estrena —obras cortas, con títulos extensos que incluyen siempre subordinadas—, sentada entre el público, Ana se da cuenta de que lo que estuvo escuchando por la casa era el texto de los personajes. Le parece sofisticado que él no le haya explicado nada, una forma ingeniosa de hacerla vivir en ese limbo que mezcla el arte con la vida.

—No lo entendés —le dijo él una vez—, estás demasiado preocupada por estar bien parada del lado de la vida.

Cuando se conocieron Ana le preguntó qué hacía.

—Soy artista —dijo él.

Pensó que era un chiste, parecía una persona común, bastante contrariada.

—Bueno, soy actor y ahora dirijo, más que nada.

Ana habría pensado que un artista era alguien que escribe las paredes de la casa con aerosol o desaparece tres semanas, pero no. Un artista puede ser un absoluto monje para demostrar pasiones, vivir en el celibato de su trabajo, siempre estresado, hablando solo por la casa, yendo a ensayos como un maestro mayor de obra que persigue a los obreros. Un artista puede ser alguien que pasa todo el tiempo frente a su computadora y cuando se levanta se lleva cosas. Lleva y trae cosas, de la vida a la computadora, y al revés.

A los veinte, Ana quiso ser actriz, lo intentó, pero nunca sobresalió y solo tuvo papeles menores en obras de centros culturales. Se cansó de hacer castings para publicidades y de los ¡corten! y los ¡grabando! y los ¡corten! y los ¡grabando! todo un día para después verse comiendo un yogurt en la tele durante meses. Desde hace quince años, trabaja como asistente para el director del cuerpo de ballet del teatro municipal, un señor tan exitoso como maltratador que la ejercita en el arte de la tolerancia estoica. Ramiro le dice que igual tiene la vida de una actriz, opacada por un director a costa de permanecer a su lado, por fidelidad y admiración. Pero ella sabe que todo eso que él disfraza con interpretaciones es el problema de la belleza. Más bien su falta de belleza. Una vez lo escuchó decir eso.

—Estaba borracho. No me podés sacar de contexto —se defendió más tarde.

Lo escuchó mientras hablaba con un amigo.

—Una actriz tiene que ser muy linda o extremadamente virtuosa para no entrar siempre como spam. Y tiene que ser un virtuosismo raro, tiene que venir acompañado de una forma trastornada en la dicción, o alguna excentricidad, como la inteligencia y la elegancia. Pero todo eso junto es un unicornio. Por eso lo mejor es que sea linda.

Aunque en general habla mal de las actrices.

—Sufro de actrices.

Dice que están todas locas, que son tontas y narcisistas, niñas eternas que demandan atención de una forma atávica. Viven en el espesor de un sueño denso y acomplejado que cuando nos las vuelve víctimas de sí mismas las vuelve frívolas.

Ana y Ramiro se conocieron por un amigo en común, otro director que había invitado a Ana a participar en su obra con un papel menor. Malena, la protagonista, era una chica hermosa, tan flaca y tan linda que, aunque fallara en la dicción y fuera difícil encontrar sus sentimientos, también era difícil dejar de mirarla. Esa clase de mujercitas que un hombre en escena podría levantar en brazos y hacer dar vueltas en el aire, el tipo de gravedad que busca un director complejo. Le habían dado el papel protagónico y, por ende, todo el texto. Ana solo entraba tres veces a escena y decía la misma frase: apúrense, están llegando. Apúrense, están llegando. Y sobre el final: apúrense, están llegando. Era confusa. La obra, su intervención. Ramiro había ido a verla y cuando terminó fueron a comer con el director y los actores y dos o tres amigos más. Pidieron una mesa larga en la vereda de un bar.

Ramiro se sentó al lado de Ana, aunque se dio cuenta enseguida de que él habría querido sentarse al lado de Malena, la protagonista. Le pareció hermoso, el pelo alborotado, una camisa grande y medio retro, parecía torpe y poco consciente de que era lindo, irresistible. La voz seca y, a pesar de cierta inseguridad evidente, muchísima elegancia para armar sus cigarrillos y entrecerrar los ojos al fumar, los labios gruesos, la barba de días. También le pareció gracioso.

–Apúrense, está llegando –dijo cuando Ana se sentó. Ella se rio.

Después, podría haberse desmoralizado cuando vio cómo él miraba embobado a Malena que, cuando uno de los actores se paró para ir al baño, había quedado casi al lado.

–Así que sos vegana –le dijo Ramiro apoyando la mano en la silla vacía entre ellos–, vi una torta de mijo que subiste a Facebook, parecía riquísima.

Malena lo miró como si él no existiera del todo.

–Era harina de garbanzos –y dio vuelta la cara para seguir hablando con otro.

Ramiro volvió a mirar a Ana y le sonrió, como si buscara hacer pie. Fue algo chiquito, imperceptible, el vuelo de un insecto. Uno venenoso.

Al día siguiente, Ana lo invitó a jugar al bowling. Se pusieron los zapatos de boliche y tomaron cerveza. Él dijo que se acordaba de haberla visto en la publicidad del yogurt. Le acarició la mano. A ella le gustó escucharlo hablar de todos esos proyectos de obras que estaba escribiendo. Ramiro se sentó con las piernas abiertas y la alentó a que tirara la bola, ella a él y cuando estaba por tirar lo distrajo para que fallara. Cuando Ramiro fue a pagar una segunda vuelta, cambió los nombres y en la pantalla del juego apareció Woody Allen versus Mia Farrow.

Al mes de estar juntos, se fueron de viaje. Una casa en las sierras de Córdoba que les prestó el director de la obra en la que había actuado Ana. Cuando volvieron, Ramiro dijo que no habían aprendido nada del otro porque no habían podido ir en auto, que la próxima vez, el próximo viaje que hicieran juntos, tenía que ser en auto, porque la verdad de una pareja se ve ahí.

–Si uno viaja sentado atrás, por ejemplo, como un hijo, escuchando atento, se baja entendiendo todo –le dijo.

La hacía reír. Y, además, le parecía hermoso, el requisito número uno para enamorarse. Todo lo demás, tarde o temprano funciona mal, pero la belleza del otro es un faro, pensaba Ana. Es verdad que te puede cegar, hacerte cometer errores, pero si no estás medio ciega, ¿cómo luchás?

Se besaron todo el viaje en micro a Córdoba como dos adolescentes, porque lo eran, tenían treinta años, la juventud de este siglo, y cuando llegaron hicieron el amor en todas partes, en el río, adentro del agua y en la orilla una tarde en la que no quedaba nadie, debajo de un almendro que había junto a la casa.

Ahora, ya llevan diez años juntos y él vive perseguido por fuerzas invisibles. Fuerzas que desordenan y lo miran mientras vive. Las garras traviesas de la imperfección que arañan detrás de casi todas las cosas. Tiene un toc que es soplar cualquier objeto antes de usarlo. El tenedor, un plato, adentro de las zapatillas, las llaves de la casa. Sacude seis veces la ropa limpia antes de ponérsela o las almohadas antes de acostarse. Hay momentos en los que se distrae, se relaja, pero de golpe, el rugido de posibles catástrofes lo despierta. Sin embargo, cuando se trata de ella, no tiene ningún temor.

Unos días antes de salir para la playa, fueron al estreno de una obra y Ana se encontró con un exnovio, Pablo, un tipo alto y grandote que le lleva dos cabezas. Ella los presentó.

—Ramiro, él es Pablo, alguna vez te hablé de él. Pablo, él es Ramiro, mi novio.

—Hola reina —le dijo Pablo y la agarró por la cintura y le sostuvo la mirada todo el tiempo, aunque Ramiro estaba parado al lado. Ramiro resopló.

–Mucho gusto, voy a saludar a alguien, nos vemos adentro –dijo y se fue. La dejó a solas con el cazador.

Pablo se mantuvo desconcertante, con esa actitud de un hombre que acaba de encontrar algo que fue suyo y no piensa volver a su casa con las manos vacías. Salieron un tiempo, hace muchos años, justo antes de conocer a Ramiro, y él la dejó por su novia de la adolescencia con quien ahora tiene tres criaturas preciosas que ocupan por completo el feed de su Instagram. Sube fotos con ellos cosechando naranjas y haciendo asados en el campo, de vacaciones con abuelos y muchos primitos, festejando cumpleaños con globos y animadoras. Aunque, todas las veces que se cruzan, a Pablo le gusta recordarle que alguna vez tuvieron sexo.

Cuando ya estaban sentados cada uno en su butaca, él le mandó un mensaje en el que le recordaba todo lo que habían hecho en la cama. No habían sido cosas fuera de lo común, pero las hacía resplandecer con su prosa. Creía que tenía virtudes para narrar y, a veces, eso es todo en el sexo. También le decía cuánto lo había perfeccionado y que podía hacerlo de nuevo ahora, ahí mismo, en el baño de ese teatro. Fue movilizante.

Más tarde, la esperó en la puerta del baño y le dijo vine a darte algo. Le agarró la mano y le pasó la lengua por la palma, muy muy despacio.

–Me acuerdo de que te gusta suave y despacio como si fuese el ala de una mariposa –le dijo Pablo.

Le pareció vergonzoso. Sin que se diera cuenta, se limpió la mano en el jean. Si él la hubiera visto hacer eso, pensó Ana, podría leerlo como una caída total en desgracia, la pérdida de la fogosidad juvenil que la había caracterizado. Pero qué iba a hacer, era un asco. Y Ramiro la estaba esperando en la calle.

Cuando volvieron a casa, Ana sacó el tema mientras se desvestía para meterse a la cama. Ramiro parecía no haberse dado cuenta de nada.

—No pienso subir a la calesita de ese payaso —le dijo.

—No es tan payaso.

—¿No me dijiste que está casado y tiene tres pibitos?

—Sí, ¿y?

—Está desesperado.

—Puede ser, pero ni siquiera te dio celos, ni siquiera viniste a interrumpir cuando me…

—Ana, tranquilizate, es tarde y tengo que escribir.

Ahora, en el auto hacia la costa, esa discusión quedó atrás renovada por la discusión sobre el horario de salida, que después mutará a otra por un giro que tendría que haber hecho en Conesa y no advirtió, y ella no le avisó. Después, será por un derrame de agua en el tapizado. Cada nueva discusión tiene su tempo y su potencia, si no se prolonga se ramifica. No se cansan nunca. Y cada una se pierde en la multitud de discusiones que implosionan todos los días, días de semanas idénticas a otras semanas, rodeadas de peleítas de todos los tamaños, indiferencia, besos rápidos.

—Me reprochás que no me acerco, pero ¿vos qué hacés, Ana? ¿Qué proponés?

—Intento tocarte y me decís que me lave las manos por los ácaros, Ramiro, estás imposible.

—Sos mi enemiga, sos mi enemiga como todas las actrices.

A veces, mientras cocina, Ana fantasea con explosiones. Una pérdida de gas que nadie detectó a tiempo, la estructura de esa casa vieja que al fin cede, tantas construcciones nuevas en el barrio abriendo huecos en la tierra y un día zas. Ramiro y ella bajo los escombros. Qué es lo que tiene que pasar para que una pareja implosione. Está la puñalada de la traición, la amante afilada que desgarra órganos y abre una herida que a la larga se infecta y envenena, pero también, piensa Ana, está la muerte lenta del amor. Este tipo de agonía geronte con discapacidades nuevas, incluso a veces sorpresiva. Un día volvés de una fiesta de disfraces y el otro no se puede sacar más el traje, se convirtió para siempre en un mono, Frankenstein, una heladera, un presidente bruto que se mueve por la casa como si fuese el rey. Después, es un arte oriental concentrarse en los detalles, fijar la atención a lo que permanece reconocible, rasgos adultos en un bebé, cuando desayuna mirarle entre las cejas y no a la boca, dormir en habitaciones separadas, evitar el sexo, viajes en auto con silencio telepático.

En Pinamar se bajan para cargar nafta y tomar café.

—Es una tregua, bajemos un rato —dice Ramiro—, necesito fuerzas para el último tramo.

Cuando llegan a Mar Azul, vuelven a discutir porque no encuentran la dirección de la casa, la dueña no se las pasó correctamente y se demoran más de la cuenta en localizarla hasta conseguir conexión. Después de un rato de vueltas, la ven. Es hermosa y calma un poco la insatisfacción kilométrica.

Está enterrada en un hueco del bosque, una caja de hormigón que desde lejos se confunde entre los pinos que cubren la pendiente. Las paredes, el techo y el piso son del mismo material y del mismo color gris oscuro y todos los espacios están abiertos en puertas ventanas inmensas que los hace sentir muy adentro del bosque y también a la intemperie. Los arquitectos ganaron el primer premio en la bienal argentina de arquitectura joven. Ana la encontró en Airbnb y como están fuera de temporada, el precio por noche le pareció razonable.

Descargan los bolsos y, aunque no hace frío, encienden el hogar a leña. Ramiro dice que tiene que terminar de escribir, así que pone la computadora sobre la mesa del living.

Cuando cae el sol, Ana sale y se aleja a fumar. Camina unos cincuenta metros hacia el bosque, mira la casa desde lejos. Las luces del interior encendidas y todos esos ventanales, parece un escenario. Se saca los anteojos para la miopía: ahora solo ve luces aguadas. Vuelve a ponérselos. Ramiro sigue sentado en el centro con la cara iluminada por la pantalla. La imagen le parece perfecta, una casa simple y brutal, con un hombre hermoso, bueno, un poco trastornado, pero inteligente y con buenas intenciones frente a su computadora, creando algo. El fuego encendido. La hace sentir que todo está bien, ninguna pareja es perfecta. Después entra y se acuerda de todo lo invisible que es para él.

—No te importa que me acueste con otro, las únicas cosas que te importan son tu obra y los ladrones —le dice y se pone a cocinar.

Ramiro sopla el teclado, ni siquiera levanta la vista para mirarla.

A la mañana, él se queda en la cama con la computadora sobre las piernas, dice que tiene que terminar la idea que se le ocurrió para el final de la obra, que al mediodía se libera y pueden ir a comer a Mar de las Pampas, donde hay más restaurantes. Ana se pone los auriculares y sale a caminar. Está nublado, pero no hace frío. Llega hasta la playa y se sienta en la arena, piensa que tendría que haber traído una de las reposeras. No hay nadie a la vista y apunta al horizonte.

Anoche, le mandó un mensaje a Pablo antes de dormirse. Apenas escribió ¿Qué hacés? Y enseguida él respondió con varios mensajes. Le dijo qué sorpresa cruzarte el otro día, ¿cuándo nos vemos?, que dónde estaba. Y después, poco a poco, a medida que la lengua larga del chat se fue estirando y la noche se hizo más noche y Ramiro a su lado en la cama roncaba más y más, Ana se olvidó de los hijos de Pablo y de su mujer y de todas esas fotos familiares que lo mostraban soporífero. Todavía existía un tipo hambriento detrás de ese influencer de la paternidad, el mismo tipo que la cogía de espaldas contra la pared de aquel departamento minúsculo en el que había vivido cuando tenía treinta años.

Ramiro y Ana apenas se rozan en la cama o en el auto. Las peleas son el único cruce eléctrico, más parecidas a una picana que a un desfibrilador. Del sexo del comienzo, no queda nada. Las pocas veces que lo hicieron en los últimos años fue un duelo zombie con golpes de pubis contra pubis, la cabeza de los dos en las nubes. O como cuando lo intentaron de espaldas, ella con la cara contra la almohada, mirando a la mesa de luz, aplastada debajo de él, una hora pico en la cama.

Pablo le pidió que le mandara una foto. Ana dudó, hacía frío, tenía que salir de la cama, sacarse el pijama en ese baño helado de hormigón y tratar de verse linda después de ese día agotador. No pudo, apenas se giró de costado y se bajó un poco la remera para que se le vieran las tetas. Le mandó eso, podían ser dos brazos apretados, dedos enlazados. Él le devolvió una foto de su pija en la mano.

Se levanta viento desde el mar, pero Ana se queda sentada en la arena. Escucha *Come away with me* de Norah Jones. Le llega un mensaje de Pablo, ¿qué hacías gatita? Borra toda la conversación y cierra WhatsApp. Se pregunta si va a tener un amante, si así se inicia una infidelidad. Le gustaría estar más excitada, saborear la adrenalina del peligro.

El año pasado, Ana conoció a un chico en el trabajo. La crisis con Ramiro seguía siendo robusta y ocupaba su propio espacio en la casa.

—Ya está en edad escolar —decía Ramiro.

El chico trabajaba asistiendo a la escenógrafa del teatro. Ana y él pasaban tiempo juntos tras bambalinas, charlando. Era mucho más joven que ella, los brazos tatuados y marcados de levantar cosas. Le dijo que tenía una pareja abierta y que le había contado a su novia sobre ella.

—Le dije que sos mi milf. Me dijo que está todo bien si salimos, así que cuando quieras, vamos a tomar algo.

Ana se desilusionó. Lo de su edad como fetiche, y la autorización de su novia. No se lo podría haber reconocido a nadie.

Una noche le dijo a Ramiro que salía con varios compañeros del trabajo, se llevó el auto. Pasó a buscar al chico por la casa y antes de avisarle que estaba abajo, se pintó los labios. Él subió al auto escuchando un audio de WhatsApp de un amigo, coordinaban un partido de fútbol para el otro día. Cuando el audio terminó, le dijo hola hermosa y le dio un beso en la boca. Después le mandó un audio a su novia.

–Recién me fui de casa, bebita. Estoy con Ana, vamos a tomar algo. Te veo después.

La miró a Ana y le sonrió, se lo veía contento. Hablaron de cosas del teatro, ella le preguntó cómo se llevaba con su jefa, de qué trabajaba antes, una entrevista sin mucha esperanza. Le convidó un chicle.

–¿Cómo te sentís? –le dijo Ana, porque de pronto lo notó impaciente. Y aunque dudó, le acarició la pierna.

Había algo prequirúrgico, algo maternal y algo mafioso. Esa noche, igual, se acostaron en un hotel inmundo. No fue fácil darse cuenta de si él disfrutaba, parecía concentrado en la erección, y un par de veces la estranguló con fuerza suave. Era evidente la cantidad de porno que consumía. Olvidable.

–Prefiero no saber este tipo de cosas, Ana, ¿para qué me lo contás? –le dijo Ramiro cuando se lo confesó tiempo después.

Si vuelve a hacerlo, no va a decir nada. ¿Para qué tener un amante si no es para construir una trama secreta, una función privada? Ramiro le dijo esa vez que la época dicta que las parejas pueden y deben abrirse como los salones de usos múltiples que son, pero Ana intuye que las parejas se parecen más a caserones en venta, con habitaciones viejas y en desuso, que permanecen cerradas, a veces, incluso, abandonadas, repletas de secretos. El tiempo pasó y nadie aprendió cómo funcionan las cajitas de música. Los casetes, ¿sonido en un papel? Hay matemática en todas las cosas y también hay una monstruosidad de misterio.

Ramiro llega a la playa trotando, Ana no lo escucha por la música en los auriculares. Aunque nunca lo hubiera escuchado con este viento. Le agarra de los hombros por detrás.

—¡Ay, boludo me asustaste! —grita ella.

—Qué boquita eh.

—No te esperaba.

Se sienta. Es como si una bolsa cayera a su lado. Se puso una calza y arriba un short de fútbol, dice que por el camino encontró una panadería y que venden esas tortitas negras que a ella tanto le gustan, que ahora cuando vuelvan pasan y las compran.

—Ya sé que estoy distraído con lo de la obra, pero falta poco, bancame.

—Todo bien.

—¿Qué hacías?

—Nada, escucho música.

—Recién cuando venía para acá pensé algo.

—¿Qué?

—No te tenés que ofender por lo que te voy a decir, pero nadie te lo va a decir si yo no te lo digo. Es como el mal aliento, solo una persona amada podría ayudarte.

—¿Tengo mal aliento?

—No, a la mañana sí, pero no siempre.

—No entiendo.

—Que no sos una persona divertida.

—¿Cómo?

—Que sos bastante aburrida, Ana. Sos una persona casi sin mundo interior. Quizás vos no te aburrís con vos misma porque estás acostumbrada, o quizás sí te aburrís y por eso te la agarrás conmigo y no me tenés paciencia.

–¿Que yo no te tengo paciencia?

–Yo estoy creando cosas, ¿vos qué hacés?

–Trabajo, vos estás lleno de manías y vivís pensando que nos van a entrar a robar o que los vecinos nos escuchan.

–Vos escuchás Norah Jones, Ana.

–¿Y? Vos escribís cosas que no tienen ningún sentido.

–¿Perdón?

–¿Qué sabés vos de revolucionarios, a ver? Si le tenés miedo a qué te roben tus cositas, qué podés saber de poner bombas. Mucho menos de separarte.

–Tengo imaginación, leo. Es muy superficial lo que estás diciendo. ¿Vos qué proponés?

–Que hagas terapia.

–Sos aburrida, ¿te das cuenta?

Vuelven a la casa caminando, ella camina varios pasos adelante. Cuando llegan, suena la alarma. Él viene corriendo.

–¡Te dije que esperaras!, ¡puse la alarma!

–¡Nunca me dijiste que había alarma!

–Hay, ¿no escuchás? –grita y levanta un dedo que señala al cielo, al aire, a lo que aturde y no se ve.

Ana se va a bañar mientras él enciende la chimenea. Antes de meterse en la ducha mira su celular, Pablo le mandó cuatro mensajes más. ¿Nos vemos cuando vuelvas a Buenos Aires? ¿Me mandás otra fotito? ¿Estás? Bueno, te dejo tranqui.

Después de bañarse se acuesta en la cama. Ramiro armó un escritorio en la galería, escribe. Cuando está a solas, o cuando deja de escucharlo, cuando está presente pero diluido en la casa, puede conectar con lo que la enamoró. Es su recuerdo emotivo.

Piensa en esa noche después del bowling y todo el tiempo que piensa en ese él que era él antes, piensa también en la ella que era ella y que esos pensamientos son lo único que tiene. Caracolitos engarzados en un collar que hace jugar con los dedos. Los recuerdos de la primera vez, su voz agria, los ojos como insectos, sus manos por encima de sus hombros, su pelo y cuando impune abrió la puerta del bar y se besaron en la calle. Como la directora de una obra que pide ensayo general y repasa una por una las escenas y sienta a los actores acá y de nuevo acá y otra vez acá y dice repitamos el texto, y lo repite y lo repite y lo repite, en su mente cada palabra suya aquella noche pertenece a la ficción y alcanzan para salvarla.

Hace algunos años, se tomaron una pausa. Así lo llamó él, pero nunca se habló mucho del tema. Ana alquiló un departamento en otro barrio y se fue.

–¿Cómo podés dejar San Telmo? Eso sí que es no tener personalidad –le dijo Ramiro y después pareció conmoverse–. No podés hacerme esto a días del estreno.

Su obra, ese año, se llamaba *Luli* y era sobre hombres. Tres tipos detrás de un escenario que trabajaban para Luli, una estrella del pop, una chica joven, hermosa, que había escalado a la fama a toda velocidad y llenaba estadios. Toda la obra transcurría detrás del escenario donde la artista estaba cantando frente a miles de adolescentes, pero a ella nunca se la veía.

Cuando la gente entraba a la sala se escuchaba el abucheo de miles de fans aullando. De golpe, las luces se encendían y se escuchaba un grito a todo volumen ¡BUENAAAAAS NOCHES BUENOS AIREEEESS!, detrás los gritos del público, pero de nuevo la oscuridad. Cuando la luz volvía a la sala había un hombre apenas iluminado, sentado sobre un banquito, esperando. Encendía un cigarrillo. Un chico entraba después a traer un pedido con una mochila de Glovo y un enfermero del SAME se sentaba más tarde. Los tres conversaban.

—Es una obra sobre la masculinidad —había dicho Ramiro—, sobre lo que podemos hacer mientras tanto.

Los tres hombres estaban apagados, perdidos, enojados, como animales enceguecidos en una cacería. Se quejaban, pero también se podía ver algo de dolor. Se referían a su propio cuerpo y al dinero. A la obra no le fue bien, pero a Ana la idea le pareció ingeniosa.

Mientras embalaba sus cosas, él le cebó mates y después la despidió en la puerta cuando se subió al camión de la mudanza. Ella lo miró desde lo alto del camión y lo vio hacerse chiquito por el espejo retrovisor. Vio cómo escupía muchas veces y después movía la cámara de seguridad, pero nunca miró hacia ella.

Ese año que vivió sola de nuevo, salía del trabajo y se deslizaba hacia la noche con auriculares y con ilusión. Jugaba a perder la cabeza, ser otra, ninguna, tener la vida por delante. Aunque, en general, siempre llegaba a algún lugar donde las luces estaban encendidas y había que apagar la música, tomar consciencia, volver a ser una. Sentarse a hablar y aparentar convicción. Nadie quiere a una mujer adulta vacilando, queda mal; su propia voz era un periodista que aparecía entre canciones.

Había algo adictivo en estar sola de noche, salir a la calle con lo esencial, ir de bar en bar, coquetear con cualquiera y, al final, cuando alguien la invitaba a quedarse a dormir, elegir volver a casa. Pensaba que tenía un tesoro que cuidar y era un secreto con ella misma, como si escondiera a un prófugo en su departamento y necesitara volver para confirmar que nadie lo descubrió.

Pensó que había llegado a los cuarenta años como alguna vez se imaginó llegando a los treinta, con tiempo disponible para ella, sin nada más que un trabajo, algo de plata para pagar un alquiler, entereza física, y ahora que estaba lista para pasarla bien, las personas se habían alejado, como esas especies que migran hacia otras tierras para juntar alimento o hacer una familia. Una escena de Titanic siempre la perturbó especialmente, no la del buque partiéndose en dos, ni Jack cayendo hacia lo profundo del mar, sino la escena del bote que llega despacio a buscar a los vivos y el marinero dice tardamos demasiado.

En su trabajo se sentó en la oficina de su jefe, lo miró a los ojos y se animó a pedirle un aumento. Pensó que era hora de dejar de enredarse con sus manipulaciones, de adormecer cuando la subestima. Afuera el mundo parecía ser de las mujeres, pero adentro de esa oficina la película siempre termina. El mundo es y seguirá siendo de los jefes, capaces de no escuchar las alarmas y estrellar el buque contra el hielo o de viajar apiñados en un huevo de cristal hasta el fondo del océano para ver si explota.

—Quizás formo parte de una tribu urbana —le dijo una tarde a Malena, la protagonista de la obra en la que actuó aquella vez con quien empezó a verse más seguido—, mujeres adultas que nos sentimos adolescentes, haciendo malabares con los billetes y leyendo señales en las constelaciones, un poco víctimas de nosotras mismas, un poco acusadoras.

—Somos una denuncia familiar.

–A veces me siento atrapada en un montón de principios: no como alimentos procesados, no dejo que me inviten el trago, no voy a tener hijos, no compro en esa marca, no me pienso casar, no miro las películas de ese abusador, no, no, no. Cuando soy sincera, pienso que, si esto es reinar sobre mí misma, yo habría preferido ser una reina loca, mi propia María Antonieta.

Malena la convenció para que fuera a yoga con ella, que le iba a hacer bien. Ahora era bastante famosa. Había actuado en obras de teatro de directores más reconocidos y tenía un papel secundario, pero con muchas escenas, en una serie de asesinos en Netflix. Estaba cada vez más linda, los rasgos más definidos, los ojos grandes, siempre parecía de treinta, aunque tuvieran la misma edad. Le contó a Ana que quería tener un bebé. Se había hecho tres inseminaciones, pero los perdía.

Después de una clase, fueron a tomar un café. Malena dijo que quería mostrarle algo. En el café las luces colgaban adentro de jaulas doradas, bancos de madera hacían las veces de mesas, había bolsas de café rellenas de goma espuma para acostarse. Las personas entraban con sus perros en brazos, los cargaban en la posición del bebé recién nacido, o se agachaban hasta el piso para darles besos en la cabeza y pedirles que se quedaran quietos, explicarles que ahora iban a sentarse. De pronto, alguien entró con un perro y también con un carrito de bebé y un bebé humano adentro.

–Hay gente que lo tiene todo –dijo Malena– y hay gente que no tiene nada. Lo del medio qué será, ¿no? En ese punto estamos vos y yo.

–Es la muerte de la clase media, todos los matices están desapareciendo –le había dicho una vez Ramiro.

Ana le contó a Malena que a veces se sentía vacía y aterrada por el futuro, que no podía imaginarlo. Que incluso ahora, estando sola, sin toda la ansiedad de Ramiro durmiendo a su lado, le costaba hacer pie, tener una ilusión, que había noches en las que el futuro igual se le venía encima, como un derrumbe, una inundación, una pandemia, una guerra, locura generalizada. Malena sacó su celular y le mostró una cuenta de Instagram. Leyó: @waltermedium.

Le explicó que era un chico que vivía en Caballito y que parecía que se comunicaba con los ángeles. Que están las almas de los que ya no están en este plano y por otro lado están los ángeles, que vendrían a ser entidades diferentes, almas elevadas o muy puras.

–Parece un delirio, pero yo lo contacté y a mí me ayudó un montón –dijo.

Después caminaron juntas por Ciudad de la Paz. Cruzaron un puente en el que alguien se animó a copiar el chiste de los candados para enlazar amores, pasaron la calle sin salida y doblaron en la de los bares y, mientras caminaban, Ana vio a todas esas parejas mirándose a los ojos, o mirando cada uno su celular y no envidió nada, ni esas posibles conversaciones, ni la vela titilante en el centro, ni la vuelta a casa de a dos.

Esa misma noche empezó a seguir a Walter Médium. Estaba haciendo una transmisión en vivo y decía que canalizaría un mensaje, quienes estuvieran conectados podrían recibir uno. Lo escuchó antes de dormirse, desde la cama, todas las luces apagadas y el celular iluminándole la cara. Se preguntó si sería cierto que se comunicaba con los ángeles, si podía ser cierto que los ángeles y las señales existan, porque también escuchó hablar de la esquizofrenia, hay demasiada información en el mundo como para no dudar de un hombre.

Walter el médium parecía sincero y además no cobraba. Se podía colaborar a voluntad, había escrito en su bio. Puso los ojos en blanco y movió los músculos de la cara como alguien que se está electrocutando.

–Ahora quien habla es el ángel del movimiento y para poder recibir el mensaje debés inhalar y exhalar –dijo.

Ana lo hizo. Cerró los ojos y con una mano sostenía el celular mientras que con la otra se tocaba el pecho.

–Hola a todos, ¿cómo están?, bienvenidos a esta nueva canalización, yo soy el ángel del movimiento y vengo a decirles que cada espíritu tiene su tiempo, que cada tiempo es sagrado y hay que respetarlo, ser compasivos con uno mismo y estar siempre atentos a las señales.

Walter hablaba y hablaba, el mensaje que tenía que transmitir reiteraba la misma idea con diferentes palabras, se tornaba un rezo, un mantra. Ana se quedó dormida.

Una mañana, Ramiro le hizo una videollamada para mostrarle la puerta blindada que había comprado. Ya llevaban varios meses separados y todavía podía sentirlo al lado en la cama, podía escuchar su voz, aunque no estuviera y sentir su olor en las cosas. Vivir sin él era fácil y también aburridísimo.

–La compré con lo que gané de la obra. Me quedan un par de cuotas que no sé cómo voy a hacer para pagar, pero no podía vivir con esa puerta de papel. Un día me iba a despertar con uno sentado en la cama.

Todavía tenía la capacidad de hacerla reír y de ponerse dramático.

–Así que acá estoy, viendo cómo se apagan las luces del escenario mientras fracaso y fracaso. Nunca voy a ser un buen director, quizás mi muerte sea el mejor material que produzca.

Tanta energía puesta en definirse, el problema del ser y de hablar de sí mismo, envidiable que su propia vida le despertara tantas ganas. Así y todo, era el único hombre que le preguntaba algo. Ana le contó de yoga, de su jefe, de la plata, pero nunca mencionó la noche y mucho menos a Walter y los ángeles; pensó que así se hacía crecer un mundo interior.

Después, volvieron. Una noche fueron a comer y caminaron hasta el departamento de Ana. Se besaron en el palier del edificio. Ramiro dijo que estaba pensando en una obra sobre encargados, sobre los tipos esos que pasan la noche mirando quién entra, quién sale, dijo. No quiso subir, pero se besaron y a las semanas Ana dejó el departamento y volvió a San Telmo. ¿Por qué? Una escena a veces se desliza en otra escena y el sentido es anémico, había dicho él.

El domingo antes de volver a la ciudad, solo hablan para discutir. Es una pelea mientras suben las cosas al auto, una pelea por los bolsos, por el GPS o por una mala contestación, difícil retenerlo. Cuando llegan a la ciudad, Ramiro la deja en la puerta de la casa y se va. Dice que esta noche va a dormir en otro lado.

Ana sube con los bolsos, abre la puerta y escucha el ruido como de campanitas o vidrios rotos. Se había olvidado de los cubiertos acechando. Nadie entró a robar, ni lo intentó. Un tenedor de postre se le clava en la suela de la ojota y traspasa la goma. No grita de dolor, pero se le llenan los ojos de lágrimas.

Sube las escaleras juntando cuchillos, cucharitas. El pie le sangra y va dejando su rastro.

Cuando entra al living, ve el mueble de los cubiertos que Ramiro dejó revuelto, el cajón abierto, pistas de un fantasma que la quiere volver loca. Se sienta en el sillón, más tarde va a juntar todo, pero ahora necesita respirar, visualizar lo que quiere, como escuchó aquella vez de Walter. Abre el celular y busca en Instagram, está haciendo un vivo.

Una mujer se conectó y dice que hace dos años perdió a su marido, era alto, dulce, su compañero, no puede vivir sin él. Atrás se ven portarretratos con fotos, una virgen y un florero. Walter pone los ojos en blanco.

—Veo una sonrisa muy amplia, un hombre muy alto que sonríe, me transmite que confíes —dice Walter—, que él está cerca, aunque no lo veas, él está. Esos ruidos que escuchás en el baño, es él, esa sombra que ves en el pasillo o cuando tu perro le ladra al techo, o cuando tu perro le ladra al techo, me pide que te transmita que es él, que, aunque no está físicamente, está con vos como energía. Me pregunta si lo sentís. ¿Lo sentís?

La mujer llora y el vivo se congela. Ana deja el celular y se levanta.

Esta noche, Ramiro no va a dormir en ningún otro lado. Seguramente se sentará en el bar de Garay y Bolívar, pedirá una cerveza, le contará al chico de la barra sobre la obra que está escribiendo y cuando el chico diga cualquier cosa al pasar —algo simple, luminoso y demente como solo puede habitar en la verdad, y poético como solo puede nacer en la sintaxis de alguien que no se considera un artista—, Ramiro lo anotará rápido en su celular y después volverá a la casa para agregarlo en su obra.

Más tarde, Ana escuchará esas frases por la casa mientras él ensaye y ponga a prueba el texto. «Floreció la luz cruel», «Vayamos afuera a fumar unos cigarrillos románticos», «Los chinos aprietan un botón y hacen desaparecer el mundo en una noche», «En el amor me siento como mi perro cuando lo llevo ladrando atrás en la camioneta, a veces feliz, casi siempre desesperado». Después, se meterá a la cama, mucho más tarde, y se acostará junto a ella sin hacer ruidos ni movimientos, sin ni siquiera darle un beso antes de dormir.

Ahora, mientras Ana prende el resto de las luces de la casa y empieza a ordenar, Ramiro ya debe haber hecho varias cuadras y se estará alejando, tampoco se debe acordar de las trampas que dejó antes del viaje. Debe estar hablando solo, pensando que como cualquier pareja del mundo están haciendo las cosas bien y tienen que seguir adelante.

Al final, piensa Ana, Ramiro dejó todas esas trampas para ella.

—Imaginate no tener nada para hacer un domingo a la noche —le dice al día siguiente mientras desayunan.

AGRADECIMIENTOS

Gracias al jurado de lujo del concurso Ribera del Duero, Mariana Enriquez, Brenda Navarro, Carlos Castán, un reconocimiento que me llena de orgullo y emoción. A Juan Casamayor por todo. Al gran equipo de Páginas de Espuma, Encarnación, Paul, Antonio y Carmen por el trabajo dedicado y el profesionalismo. Gracias a Guido Chantiri por acompañarme siempre. Por su lectura atenta, honesta, cruda. Gracias a mis amigas y amigos, lectores lúcidos que fueron claves durante la escritura y después: Julieta Mortati, Cecilia Fanti, Eva Alvarez, Majo Moirón, Edgardo Dieleke, Pablo Ottonello, Mariana Carbonazzo, Flor Monfort, Florencia Cambariere, Flor Ure, Leonardo Sosa, Ale Lopez, a Rafael Otegui y a todo el grupo de los miércoles, por la alegría de esas tardes, por las lecturas. A Raquel Cané por la ilustración de tapa. A Rodrigo Fresán por su generosidad. A Angeles Salvador que llegó a leer primeras versiones de estos cuentos. A mi tía Nora Perez Fiscardi, la primera escritora que conocí, de quien tomé prestados los recuerdos de infancia. A mis padres, a Paula Etchebarne, a Juani.

Esta segunda edición de
La vida por delante
de Magalí Etchebarne,
obra ganadora del
VIII Premio Ribera del Duero,
se terminó de imprimir
el 27 de mayo de 2024